双葉文庫

大富豪同心

卯之吉江戸に還る

幡大介

目次

卯之吉江戸に還《かえ》る　大富豪同心

第一章　剣客同心、江戸に戻る

一

青い空の彼方に入道雲が浮かんでいる。

江戸の町の北の境界は千住《せんじゅ》大橋である。家康《いえやす》が江戸に入府して最初に造ったのがこの橋だということで、江戸っ子たちは日本橋よりも千住大橋を誇りとしている。

見上げるほどに高い橋桁《はしげた》が巨大な橋の構造を支えている。円弧を描いた橋のてっぺんに立ち、四方を見渡せば、東には筑波山《つくばさん》、北には関東の平野と日光山《にっこうさん》、西には飛鳥山《あすかやま》と富士山、そして南には、千代田《ちよだ》のお城の石垣と、白亜の櫓《やぐら》が一望できた。

橋の真ん中には橋番の小屋が建っている。橋を渡る者たちから通行料の銭を徴収するのが橋番の仕事だ。

橋番はなんと一家で橋の上に住みついている。橋番の女房は橋の上で煮炊きをする。子供たちは親の仕事を手伝って、橋を渡る者たちにつきまとう。

千住大橋は一家族が小屋を建てて生活できるほどの大きさがあったのだ。いかに巨大な橋であることか。街道を旅してきた田舎者たちはみな立ち止まって瞠目《どうもく》した。

その日、千住の宿場を目指して街道の北方から押し寄せてきた一団があった。強面《こわもて》の俠客《きょうかく》を先頭にした、見るもおぞましい集団であった。

季節は真夏で、野にも町にも陽炎《かげろう》が揺らいでいたが、その集団の周りだけは、冷たい殺気が漲《みなぎ》っている。

橋番の親仁《おやじ》がそれに気づいた。

「街道筋に縄張りを張るヤクザの出入りか」

俠客たちはズンズンと練り歩いてくる。旅人たちは怖気《おぞけ》をふるって道を空けた。

江戸のヤクザと抗争になって、殴り込みに来たのであろうか。俠客たちの険しい面相を見て、橋番はそう考えた。

「一大事だな」

橋番は宿場問屋《といや》（宿場の管理を請け負う役人）の許《もと》に注進に走った。

千住の宿《しゆく》は、千住大橋を挟《はさ》んで、荒川の北と南に広がっている。

宿場を仕切っているのは問屋だが、治安の維持を担当しているのは地廻《じまわ》りの侠客だ。博打場《ばくちば》や遊廓の営業を黙認してもらう代わりに、宿場のために戦う義務を負っている。

千住を仕切る親分は、紅《くれない》ノ勝太郎《かつたろう》という二つ名で呼ばれていた。いつも女物の紅の襦袢《じゆばん》をゾロリと着ている気障《きざ》な男だ。

椿油《つばきあぶら》でこってりと髷《まげ》を結い上げている。まだ四十前と、歳は若いが、喧嘩《けんか》出入りの際には鮮血で身を染めて暴れ回るというので、一目《いちもく》置かれて、顔役に任じられていた。

問屋からの通報を受けた勝太郎は、子分たちを引き連れて表道に出た。街道の北に目を向ける。

「なるほど、あいつらはヤクザ者に違《ちげ》ぇねぇ」

笠を目深にかぶって面相を隠した集団が、二列に並んで突き進んでくる。

江戸時代の人々は、きちんと整列して歩くということをしない。参勤交代の大名とその家臣たちも、てんでんバラバラに歩く。

列を作って歩くのは、侠客の一家だけの風儀だ。

一家は黙々と歩を進めてくる。咳《しわぶき》ひとつ漏らさない。規律の行き届いた強者《つわもの》どもだと知れた。

勝太郎は真夏の炎天下だというのに背筋に寒気を覚えた。とはいえ、勝太郎一家には宿場を守る使命がある。ヤクザ者としての意地もある。

宿場の人々から一目置かれているからこそ、宿場の利権に与《あずか》って甘い汁も吸えるのだ。宿場の人々も様子を伺《うかが》っている。臆した姿は見せられない。

勝太郎は子分を連れて宿場の木戸まで走った。そして侠客一家の前に立ちはだかった。

侠客一家は一斉に足を止めた。勝太郎一家と向かい合う。宿場の者たちは家屋に飛び込んでピシャリと戸を閉ざした。

勝太郎は大きく息を吸った。

「やいっ、ここは天下の大道《だいどう》、恐れ多くも千代田のお城にデンと居すわる、道中奉行様が御支配の千住宿だ。無理無体はあっちゃならねぇぞ。手前《てめ》ぇら、いってぇ何をしようと企《たくら》んで、お江戸に出て来やがった。まずは笠を取って、挨拶《あいさつ》をしねぇか」

啖呵《たんか》とは不思議なもので、切っているうちに次第に気分が昂《たかぶ》っていく。調子に乗って睨《にら》みつけた。

先頭の侠客は笠も取らずに憮然《ぶぜん》としている。

「俺たちゃぁ、江戸に出てきたんじゃねぇ。帰《け》ぇって来たところだ」

「なんだとっ」

その侠客は笠の下でニヤリと笑った。

「まだ売り出し中の手前ぇにはわからねぇか。俺《おいら》ぁ、赤坂新町《あかさかしんまち》の三右衛門《さんえもん》よ」

三右衛門は笠の縁に指をやって、ちょっと上げた。苦み走った面相を晒《さら》した。

「あ……、荒海《あらうみ》一家の、三右衛門親分……！」

気障な色男で知られた勝太郎が、甘い顔だちを歪《ゆが》めるとタジタジと後退《あとじさ》った。

一家の子分たちも臆病風に吹かれた様子だ。

三右衛門は勝太郎一家のだらしなさに呆《あき》れた様子で「ふん」と鼻を鳴らした。

これが〝格がちがう〟ということなのか、勝太郎は完全に腰を低くさせてしまっている。おずおずと伺いを立ててきた。

「赤坂新町に縄張りを構えなさる親分さんが、なんだって北からお戻りなんですかえ？」

「言うまでもねぇ」

三右衛門は傲然《ごうぜん》と胸を張った。

「俺たちが八州《はっしゅう》に出張るといったら、そのわけは決まってるじゃねぇか。八巻《やまき》ノ旦那がご拝命の、御用旅のお供をしてきたのよ」

「や……八巻ノ旦那の……！」

勝太郎は今度は腰を抜かさんばかりに驚いた。震えが止まらないでいる。

無理もない話だ。南町《みなみまち》の人斬り同心、八巻卯之吉《うのきち》の名は、この千住宿では恐怖の記憶とともに語り継がれていた。

かつて千住宿を仕切っていたのは千住ノ長右衛門《ちょうえもん》という老侠客であった。宿場の博打場と遊廓を仕切り、自らは遊廓の裏にこしらえた秘密の隠し部屋に潜《ひそ》んでいるという、得体の知れない悪漢であった。

宿場町には町奉行所の手は届かない（管轄外）。それをいいことに江戸の暗黒街にも隠然たる力を及ぼしていた。

ところが、この大悪党の長右衛門と、長右衛門一家の子分どもを、南町の同心、八巻卯之吉が、一夜にして壊滅させてしまったのだ。宿場の人々にとっては驚天動地の大事件であった。

しかも長右衛門には大名家の剣術指南役が加勢していたという。八巻同心は侠客一家と剣術指南役を束にまとめて一刀両断にしてしまったのだ。

長右衛門も恐ろしかったけれども、南町の八巻はそれ以上に恐ろしい。まさに鬼。剣の鬼だ。

その八巻の手下となって働いているのが、荒海ノ三右衛門と荒海一家である。三右衛門も元は江戸の大悪党だったのだが、八巻の前では借りてきた猫のように大人しくなっている。八巻卯之吉という男が、どれほどまでに恐ろしいか、その一事からも計り知れようというものだ。

荒海一家は、江戸を出る際には中山道《なかせんどう》の板橋宿《いたばししゅく》を通った。だから千住宿（日光街道・奥州《おうしゅう》街道の宿場）の勝太郎は、八巻卯之吉と荒海一家の出役《しゅつやく》を知らなかった。

関八州から江戸に戻るには、中山道を歩くよりも川船に乗ったほうが早い。江戸川を下って松戸《まつど》の河岸《かし》で上陸し、千住に向かう。かくして荒海一家は江戸に入ろうとしている。

勝太郎は左右に目を泳がせている。

「や、八巻ノ旦那は、どちらに……」

卯之吉の姿を探している。長右衛門の亡きあと、千住の顔役となった勝太郎とすれば、八巻同心には十分に会釈《えしゃく》をしておかなければならない。つまらぬことで怒りを買って、子分ともども、斬り殺されたのではたまらない。

すると不思議なことに、三右衛門が急に慌て始めた。

「そういやぁ……旦那がいねぇぞ！　おいッ寅三《とらぞう》ッ、旦那はどこだッ」

寅三は荒海一家の賭場《とば》で代貸《だいがし》を務める、一ノ子分だ。

寅三を筆頭に、子分たちが騒ぎだした。

「さっきまでは確かに――」

「松戸宿を出た時にゃあ、行列の中ほどにおられやした」

などと言い交わしている。

三右衛門は難しげな顔つきになって顎《あご》など撫《な》でた。

「旦那お得意の神出鬼没だ。街道筋の悪党に目をつけて、秘かに追い始めたのに違ぇねぇ！　旦那の眼力からはどんな悪党も逃れられやしねぇからな」

勝太郎はおずおずと訊《たず》ねた。

「すると八巻ノ旦那は、お忍びで、悪党を追っていなさるってことですかい」

「おうよ。旦那のご身分は隠密廻《おんみつまわり》同心様だ」

三右衛門はなぜか自慢げに胸を張った。

江戸町奉行所の同心は、江戸より外へは出役できない定めとなっているのだが、隠密廻同心だけは別儀である。江戸で悪事を犯した悪党をどこまでも追うことができる。ほとんどが単身での探察行なので、切れ者で腕の立つ同心が抜擢《ばってき》されて事にあたった。

と、自慢げだった三右衛門が情けない顔つきとなった。

(旦那の頭の切れ味に、間抜けなオイラたちじゃあついてゆけねぇ)

卯之吉は悪党の気配を察するのに敏だ。悪党の姿を見つけ出すと、手下の三右衛門たちに告げる時も惜しんで、単身、追跡と探索を開始するのである。剣の腕に自負があればこその独断専行であろうが（と、三右衛門は勝手に思い込んでいる）、ハラハラさせられることもしばしばだ。

「旦那を探せッ」

三右衛門は子分たちを四方に走らせた。

二

荒海一家の子分たちは卯之吉の姿を求めて走り回った。

「ああ、うまかったぁ、牛負けたぁ」

間の抜けた声が聞こえてきた。寅三が顔色を変えた。

「ありゃあ銀八《ぎんぱち》の声だ！」

子分たちも耳を澄まし、目をキョロキョロとさせている。

「銀八は旦那のお側《そば》にいるはずだぜ！」

子分の一人、粂五郎《くめごろう》が千住の宿場を走って、すぐに卯之吉と銀八を見つけ出した。なんと二人は、甘味処《かんみどころ》に入って、お汁粉《しるこ》に舌鼓《したつづみ》を打っていたのである。

「旦那！　なにをしていなさるんですかい！」

店の土間に一段高く床を上げた〝小上がり〟に卯之吉がチョコンと座っている。三右衛門が慌てて駆け寄る。子分たちも店に飛び込んだ。

甘味処は娘たちが集まって楽しむ店だ。そこへ強面のヤクザ者一家がドヤドヤと押し込んできたものだから、娘たちは悲鳴を上げて裏口から逃げ出していった。

「こりゃあ大《て》ぇ変《へん》なことになっちまったでげす」

店にとってはいい迷惑だ。銀八は額《ひたい》をピシャリと叩いた。

一方の卯之吉は、何が起こったのかまったく理解していない顔つきで微笑《ほほえ》んでいる。湯気をあげるお椀と、餅《もち》をつまんだ箸《はし》を手にしていた。

「やっぱり甘い物はお江戸に限るねぇ。公領も景色はいいけれど、食べる物は、お江戸が一番だよ」

荒海一家の子分たちは、ポカーンと口を開けている。緊迫した状況だっただけに脱力感がいっそう大きい。

確かに砂糖は高価な品で、嗜好品《しこうひん》としては、主に都市にしか出回らない。田舎では甘いお菓子は滅多《めった》に口に入らないのだ。

卯之吉は酒好きのくせに甘党でもある。美味《おい》しい物ならなんでも好む無節操なのだ。

田舎では、有り余る金銭があれば、なんでも手に入る、口に入る、というものでもない。卯之吉は甘い物に飢えていた。

「あっ、お前もか！」

三右衛門が美鈴《みすず》を見つけて睨みつけた。

美鈴までちゃっかりと小上がりに座って汁粉の椀を手にしている。男装の女武芸者ではあるが、やはり年頃の娘。こちらも甘い物に飢えていたようだ。

「いや、わたしは別段……」

などと白《しら》をきってみせたが、椀から手を放そうとはしなかった。

卯之吉はまったく悪気も邪気もない笑顔をみせている。

「皆さんもご一緒にどうです」

進められたが三右衛門たちは大の大人だ。おまけに男伊達《おとこだて》に命を張る俠客である。娘っ子が好んで食べるような物を、俠客の一家が皆で啜《すす》っていたら、江戸中の笑い話になってしまう。

「あっしらはご勘弁願いやす」

「そうかえ」

一方、銀八は、別の意味で心配になっている。

「若旦那、千住宿はまだお江戸じゃねぇでげすよ。さっさと御府内に入って、南町奉行所にお顔を出して、お奉行様や上役様にご挨拶なさったほうがよろしいでげす」

隠密廻同心の御用旅、という名目になっているのであるから、役儀を果たし次第、すぐさま復命せねばならない。

「まったくお前の言うとおりだよ」

卯之吉が同意した。それぐらいの常識はあったらしい。お供の銀八としては、卯之吉が非常識なことを言い出さなかったのでホッとした。

と思ったら甘かった。

「御府内に入っちまったら、堅苦しい同心様に逆戻りだ。さぁ、関八州に名残の宴《うたげ》だよ。銀八、お座敷を取ってきておくれ！」

銀八は「あちゃー」と言いつつ額を叩いた。卯之吉は、遊びに関しては頑固一徹だ。いったん遊ぶと決めたからには譲らない。何がなんでも遊ぶ。

「もう、どうなっても知らないでげすよ」

千住宿は巨大な遊廓でもあった。銀八は芸者を呼ぶため揚屋《あげや》に走った。

「江戸に戻ってきた！　という心地《ここち》になってきたねぇ。田舎には遊里なんか、なかったから」

皆の微妙な顔つきには気づかず、卯之吉は一人ではしゃぎ始めた。

「八巻が登楼《とうろう》しやがっただと？」

紅ノ勝太郎は一家を構える見世《みせ》の奥座敷で、子分の報告を聞いて震え上がった。

「長《なが》ッ尻《ちり》を決め込みやがったってのかい！　いってぇどういう魂胆《こんたん》だ」

なにゆえ千住まで来て、江戸に入らずに足踏みをしているのか。勝太郎にはまったく理解ができない。

（八巻は、南北町奉行所一の切れ者だってぇ評判だ）

その知力と眼力は神秘的なまでに冴え渡っている。千里眼（超能力）の持ち主だ、などと囁《ささや》かれているほどだ。

（八巻め、何に勘づきやがったんだ……？）

千住宿も、綺麗事《きれいごと》だけで運営されているわけではない。まして遊里だ。叩けば埃《ほこり》はいくらでも出る。

（八巻め。宿場をひっくり返しての大掃除をたくらんでいやがるんじゃねぇだろうな）

とにかくご機嫌を取りにゆかねばならない。銭函《ぜにばこ》を開けて覗《のぞ》くと、小判が五、六枚と、四分金や二朱金などがポツポツと入っていた。

「ちっ、時化《しけ》ていやがる」

この夏の水害で、公領全体の金銭の動きが鈍くなった。宿場で遊んで金を落とす客も減ったのだ。当然、賭場や遊里を運営する勝太郎の懐《ふところ》に落ちる銭も減る。

「野郎どもッ、酒屋に行って、最上の角樽《つのだる》を買ってこいッ！　銭函の中の物をありったけ菓子折りに詰めて、俺についてきやがれッ」

ともあれ金銭を惜しんでいる場合ではない。勝太郎は紅の襦袢を脱ぎ捨てると、羽織袴《はかま》に着替えた。

表道に出ると、宿場一の遊廓から、どんちゃん騒ぎが聞こえてきた。宿場の芸者がすべて集められたのであろう、凄《すさ》まじいまでの三味線が轟いている。

勝太郎は、角樽を抱えた子分と、小判の詰め物を運ぶ代貸を引き連れて、遊廓に入った。主人に質《ただ》すと八巻はやはり二階座敷にいるという。勝太郎は階段を駆け上った。

二階の襖《ふすま》はすべて外されて、その階のまるごとがひとつの宴席になっていた。それでも収まりきれないほどに、芸者や芸人、さらには荒海一家の子分たちがすし詰めになっていた。

真ん中ではヒョロリとした優男《やさおとこ》が、身をクネクネとさせながら踊っている。

紅ノ勝太郎は思わず目を瞬《また》かせた。いったいあの男は何者だろう。

勝太郎も色男なだけに、芸事には通じているつもりだ。自分が踊るわけではないが、女たちが喜ぶので、踊りは良く見る。おおよその流派は諳《そら》じている。

しかし、この男の流派はまったく見当もつかなかった。くねりくねりと踊る姿は、粋なのか、気色悪いのか、判断に苦しむ。

茫然《ぼうぜん》と立ちすくんだ勝太郎に三右衛門が気づいた。

「おう、なに用だえ」

勝太郎は目を左右に向けて、八巻同心の姿を探しながら答えた。

「八巻ノ旦那に、ご挨拶しに来たんだが……」

「旦那なら目の前にいなさるだろうが。入りなよ」

「えっ」

勝太郎は絶句した。よりにもよって、この変な男が噂の人斬り同心だというのか。

(ますます、おっかねぇよ……)

勝太郎は全身血達磨《ちだるま》になって戦うことも辞さぬ男なのだが、この時ばかりは心底から（薄気味が悪い。恐ろしい）と感じた。再び、踊る男に目を向ける。八巻という同心は、まったく得体が知れない。等身大の人食いナメクジのような不気味さだ。……そのような生き物が実在していればの話だが。

ともあれ勝太郎は両膝を揃えて膝行《しっこう》した。

「おっ、お初にお目を汚しまするッ」

緊張で声が裏返った。あまりに素《す》っ頓狂《とんきょう》に聞こえたのか、謎の男が踊りの手を止めて、こちらにクイッと顔だけを向けた。まじまじと勝太郎を見つめている。手足は踊った姿のままで固まっている。今度は狐《きつね》の化け物のように見えてきた。

「南町の八巻様とお見受けいたしやしたッ。手前は宿場の悪党に目を光らせるようにと、お上《かみ》より言いつけられやした、紅一家の勝太郎と申しやすッ」

「あら、そう」

男はヒョコヒョコと歩んできた。

「あたしが南町の八巻だよ」

すかさず勝太郎は角樽を差し出した。

「どうぞ、お納めくださいませ」

「おや、ありがたいねぇ。まぁ、あなたも一杯やっていっておくれ。姐《ねえ》さん、こちらの席を――」

「それと、これも、どうぞお納めを」

銭の詰まった菓子折りをズイッと差し出した。

八巻が箱を開けて、「おや？」と言った。それから背後の芸者や芸人に笑顔を振りまいた。

「勝太郎親分が、景気づけに来ておくれだよ！　さぁみんな、派手にやっておくれなー！」

なんと、八巻は菓子折りの中の金や銀や銭を摑《つか》むと、

「それーっ！」

掛け声とともに座敷にばら撒《ま》き始めたのだ。

「キャーッ」っと黄色い歓声が上がった。座敷の芸者たちが金銀銅貨に飛びついていく。座敷の興奮は最高潮。卯之吉は大満足だ。

「勝太郎親分さんの御祝儀ですよ！　それーっ、それーっ」

座敷に撒くどころか、障子窓を開けて身を乗り出すと、

「勝太郎親分さんの御祝儀ですよー！」

菓子折りを脇に抱えた姿で、花咲《はなさ》か爺《じい》さんのように撒き始めたのだ。

窓の下の通りにも、景気の良さを聞きつけて人が集まっている。降って湧いたような（実際に降ってきたのだが）僥倖《ぎょうこう》だ。皆、目の色を変えて金銭を拾い集め始めた。

勝太郎は唖然《あぜん》茫然として声もない。

（俺に対する嫌がらせか。俺の銭を勝手に撒きやがって）

とも思ったのだが、しかし、この金銭は八巻に奉《たてまつ》ったものだ。すでに八巻の物である。役人は皆、賂《まいない》が大好きだ。というより賂がないことには生きて行けないと言ってもいい。それぐらいに俸禄《ほうろく》の額が少ない。

町奉行所の同心も年に三十俵の薄禄で、銭に換算すると、そこいらの大工や職人たちよりも実入りが少ない。

だから露骨に賂を要求するし、意地も汚い。

ところがこの八巻は、パーッと散財することに夢中になっている。

（い、いってぇ何者なんだい、この役人はよォ……）

勝太郎は引きつった表情で首を左右に振り続けた。

三

大川の東には、手つかずの湿原や原野がいたるところに広がっている。本所深《ほんじょふか》川《がわ》などと呼ばれて開発も進められているけれども、まだまだ草深い土地柄だ。ただでさえ役人の目が届かないのに、そのうえ富岡八幡社《とみおかはちまんしゃ》の門前町をはじめとする遊里や悪所が栄えている。お世辞にも、治安の良い場所だとはいえない。夜には人影も絶えてしまう。夜道を歩く者といえば追剝《おいはぎ》強盗ぐらいであった。

湿原の中を流れる小川に粗末な橋が架けられている。真っ白な夜霧のわいた中を、一人の男が、慌てふためいた様子で走ってきた。橋桁をガタガタと踏み鳴らしながら渡った。

粗末な家が建っている。湿原の埋め立てのために働く者たちの塒《ねぐら》のようだ。男はその家の中に駆け込んだ。

公儀は、本所深川を埋め立てて、微禄の御家人たちの屋敷を移築させようと目《もく》論《ろ》んでいる。下級武士を追い出した跡地には商人地が造られる。金を持った町人たちのために、貧しい武士が追い出される世の中だ。武士の都の江戸とはいえども、銭を中心にして回っているのが、今の時勢なのであった。

男は土間に駆け込むと、雪駄《せった》を脱ぐ手間も惜しんで床に駆け上がった。

板敷きの間には、十人ばかりの男たちが莚《むしろ》をかぶって、ざこ寝をしていた。窓からは細い月明かりが漏れている。他には明かりはない。ほぼ真っ暗闇だ。

駆け込んできた男は、寝ている男たちを蹴飛ばしたり、跨《また》いだりしながら奥の壁に駆け寄った。

「痛っ」

「なんなんでぇ！」

寝ていた男たちが苦情の罵声《ばせい》を上げた。皆、ムックリ、ムックリと身を起こした。

寝ぼけ眼《まなこ》の男たちには目もくれず、詫《わ》びも入れず、男は自分の行李《こうり》を持ち出して、手持ちの荷を詰め込み始めた。

「やいっ、孫十《まごじゅう》！　なにをしていやがる！」

蹴飛ばされた男の一人――髭面《ひげづら》で丸顔で、虎に似た顔つきの男――が怒鳴りつけた。

孫十と呼ばれた男は、行李に蓋《ふた》をし、組紐《くみひも》を巻いて閉じながら振り返った。

月明かりに照らされた面相が異様だ。血の気も引いて、目を見開き、唇をわななかせている。孫十に苦情を入れようとしていた男たちも、思わず顔つきを変えた。

虎髭の男が質す。

「な、何か、あったのかよ、孫十？」

孫十は二つの行李を繋《つな》いで振り分けにすると肩に担いだ。

「俺ァ、草鞋《わらじ》を履かせてもらう！」

そう言って、土間に向かって、また男たちに蹴《け》躓《つまず》いた。

「おい待てッ」

虎髭が呼び止める。

「つまり手前ぇは、お江戸を離れるってのか」

草鞋を履くという慣用句は、旅に出ることを意味する。近場に出掛けるなら雪駄を履くだけだ。遠出をする時にだけ草鞋を履く。

孫十は床の縁に腰掛けて、草鞋の紐を結んでいる。横顔を冷や汗が流れ落ちていく。

「何があったんだッ。言えよ！」

虎髭が短気を出して、孫十の肩を摑んだ。孫十は、その手を振り払いながら立ち上がった。板の間の男たちを見据える。

「南町の八巻が、江戸に戻ってきやがったんだ！」

「なんだと？　野郎は上州《じょうしゅう》に出役したんじゃねぇのかい」

虎髭をはじめ、その場の男たちの顔面も驚愕《きょうがく》で引きつった。

孫十は振り分け荷物を担ぎ直しながら答えた。

「千住宿で壺振《つぼふ》りをしている兄弟分から聞かされたんだ。八巻は、千住宿でとぐろを巻いていやがるってな！」

「なんだとッ、千住と言ゃあ、江戸とは目と鼻の先じゃねぇか！」

「八巻は千住宿に腰を据えて動かねえ。宿場の俠客もブルッちまってるそうなんだぜ」

虎髭や男たちは顔を見合わせて、ザワザワと言葉を交わし始めた。

「なんだって野郎は、千住なんかに陣取っていやがるんだ？」

「何をたくらんでやがるのか、見当もつかねぇぞ！」

孫十は身を震わせている。

「八巻のことだ、江戸に帰るなり大鉈《おおなた》を振るうに違ぇねぇぞ。今はその仕掛けを練っているのに違ぇねぇんだ！　俺ァ逃げるッ。手前ぇたちには義理があるが、命あっての物種だいッ。八巻に捕まったんじゃたまらねぇ」

孫十は粗末な板戸を蹴破るようにして出て行った。橋を踏む音が遠ざかっていった。

小屋の中は憂鬱《ゆううつ》な沈黙に包まれる。

「ついに、八巻が戻って来たのか……」

誰かの呟《つぶや》き声が聞こえた。真っ暗な小屋の中だ。誰が呟いたのかは、わからない。

八巻が江戸を留守にしている間は、悪党たちも江戸での仕事がやりやすかった。八巻の影に怯《おび》えることなく、稼業の犯罪に励むことができた。

おまけに毎日雨ばかり降っていて、表道の見通しも悪く、人相を見咎《みとが》められにくい状況だった。悪党たちにとっては天国と言っても良かったのだ。

だが、その夢のような日々も終わりがきたようだ。八巻は千住宿から江戸の大掃除の指揮を執ろうとしてる。その準備に取りかかっている——悪党たちの目には、そう映った。

虎髭が立ち上がった。

「そうとなったら急がなくちゃいけねぇぜ。この盗《ぬす》っ人《と》宿も畳むとする。お前ぇたちも逃げたが良かろうぜ」

盗っ人たちは闇の中で一斉に身《み》繕《づくろ》いをはじめた。少ない荷物をまとめると、

「兄ィ、世話になった」

「仕事があったら、呼んでくれよな」

虎髭に挨拶しながら、一人、また一人と、外へ出て行く。

「次は関八州を荒らすとしようぜ。お前ぇたちのこたぁ頼りにしてるぞ」

虎髭はそう声を掛けて皆を送り出した。

竹次郎《たけじろう》は両袖の中で腕を組み、背中を丸めて夜道を進んだ。

竹次郎は相州《そうしゅう》三浦《みうら》を生国《しょうごく》とする流れ者であった。漁師の家に生まれたが、仕事を嫌って家を出た。歳はまだ、数えで十七歳である。生国では真っ黒に日焼けした顔つきであったが、江戸の暮らしが長引くに連れて、肌の色も白くなった。

竹次郎は虎髭の見送りなど、半ば無視して足早に小屋を離れた。何事か黙然《もくねん》と考え込む顔つきであった。

そこへ、足を急がせて背後から近づいてくる者があった。竹次郎は無意識に

懐《ふところ》の中に手を入れながら振り返った。懐の匕首《あいくち》を摑んでいる。

「おぅい、待ってくれ、竹ちゃん」

追ってきたのは盗っ人仲間の一人であった。

「銀公《ぎんこう》か」

銀公が息を切らせながら竹次郎の前に立った。朴訥《ぼくとつ》な顔つきの、大柄な少年だ。小柄な竹次郎より頭半分は大きかった。

年齢が近いので、親しく口を利きあっていた仲だ。もっとも、竹次郎は、この若者の名がなんというのか、よく覚えてはいなかった。

銀太《ぎんた》だったか、銀次《ぎんじ》だったか。銀三郎《ぎんざぶろう》だったかもしれない。もっとも、若者の名乗りが本当の名前であるかどうかは怪しい。悪党は、親からもらった名は隠しているのが普通なのだ。

「待ってくれ竹ちゃん。オラも一緒に連れてってくれ」

邪気のない顔で笑いかけてくる。前歯が一本欠けている。

「連れてってくれ、って、どこへだ」

竹次郎は踵《きびす》を返して歩きだした。銀公はノソノソとついてくる。

「オラァどこにも行き場がねぇし、一人働きも無理だぁ」

（そうだろうな）

竹次郎もそう思った。

銀公は、貧しい百姓の家に生まれて、口減らし同然に家を追い出された。帰る所などあるはずがない。

百姓の子で身許《みもと》がしっかりしているのなら、なにがしかの職につけるはずなのだが、檀那寺《だんなでら》に書いてもらった手形（本籍を証明する書類）をだまし取られてしまったらしい。手形がなければ無宿人（身許不明人）ということになって、まともな仕事にはありつけない。仕方がなく悪の世界に堕《お》ちてきた――というような男であった。良く言えば気の好《い》い男。悪く言えば間抜けである。

竹次郎は足早に歩んでいく。大柄な銀公はのろまのようでいて、脚が長いので易々《やすやす》とついてきた。

「竹ちゃんはこれからどうするつもりなんだい」

悪党の世界には、仲間に〝ちゃん〟をつけて呼ぶ者などはいない。

竹次郎はうつむき加減で答える。

「俺ァ江戸に残る。江戸で稼ぎを続けるさ」

「稼ぎってのは、盗っ人かい」

（他に何ができるってんだ）と竹次郎は思った。

銀公はしつこくついてくる。

「だけどさ、八巻様っていうおっかねぇお役人様が戻ってきたんだろ。お縄に掛けられちまうんじゃねぇのかい」

「そうかもしれねぇな」

それが悪党の末路だと、竹次郎も、若者ながらに達観しつつある。

鈴ヶ森《すずがもり》の獄門台《ごくもんだい》に首だけとなって晒される。目の前には生まれ育った内海（江戸湾）が見えることだろう。あんなに嫌った漁師の海だ。

（それでも船の上の暮らしには戻りたくねぇ）

真っ当に生きたところで、網元や回船問屋など、金持ちたちにさんざんこき使われた挙げ句に死ぬ。金持ちたちの都合で無理な出港を強いられて、嵐の海で溺《おぼ》れ死ぬのが関の山であった。

（惨《みじ》めな死に様に変わりはねぇさ）

だったら、生きている間だけでも、面白おかしく生きてやる。そう心に決めていた。

「なぁ竹ちゃん、八巻様が怖くないのかよ」

銀公はしつこい。百姓育ちならではの粘っこさだ。

竹次郎は足を止めて振り返った。

「もちろん怖《こえ》ぇよ。なにしろ悪評の高い人斬り同心サマだからな」

「オイラは江戸に出てきたばかりだからわからねぇけど、親分さんたちの顔色を見れば、どれだけおっかねぇお役人様なのか、すぐにわかったよ」

竹次郎は「フン」と鼻を鳴らした。

「だけどな、このお江戸には、町方の役人には手出しのできねぇ場所ってのがあるのさ」

「へぇ？　それはどこなんだい」

「大名様のお屋敷さ。町方の役人は、大名屋敷には踏み込めねぇってぇ仕来《しきた》りなんだよ。お前《め》ぇの生まれた村でも、代官所の役人は、お寺さんの地所には踏み込めねぇだろう？　それと同じよ」

代官は勘定奉行所の役人で、寺や神社は寺社奉行所の管轄だ。管轄が違うと関与もできない。縦割り行政の弊害《へいがい》である。

「へぇ……。じゃあ、お大名様のお屋敷を荒らして回るぶんには、八巻様の手は伸びてこないってことかい」

「そういうことだ」

「さすがに竹ちゃんは頭がいいなぁ！」

銀公は本気で感心しきっている。竹次郎も、まんざら悪い気はしない。

「よぅし、一緒に来いよ。一人よりは二人のほうが仕事がしやすいだろうぜ」

「いいのかい？　オイラみてぇなのろまがついて行っても」

そう言いながら銀公はホッと安堵《あんど》した顔をしている。

こんなヤツでも何かの役に立つだろう。それに侍は、もっと間抜けでのろまだ。と、竹次郎は思った。

四

八巻同心は一昼夜ぶっ続けの大宴会を満喫したのちに、千住宿を出ていった。

勝太郎は八巻と荒海一家を見送ると、その場にヘナヘナと座り込んだ。

「親分、しっかり……！」

子分に両腕を取られて、一家を構える見世へ運ばれたのだった。

ところがである。その日を境にして、千住宿に金が回り始めた。目に見えて景気が向上したのだ。

千住宿は、公領の被災のしわ寄せで、旅人が金を落としてくれなくなった。宿場の者たちも貧しくなって銭を使わない。遊廓が仕入れる食材や酒の質も落とされ、宴席が貧弱になって、江戸の遊客の足がますます遠のく、という悪循環に陥《おちい》っていた。

それが卯之吉の〝金撒き〟によって一変した。宿場じゅうに金銭が溢《あふ》れて、皆、景気よく、仕入れや散財に使い始めたのである。

遊女たちも衣装や髪飾りを流行《はやり》の物に買い換えた。夜中に蠟燭《ろうそく》も多く立てられるようになった。宿場全体が明るくなって、足を止めて遊ぶ旅人が増え、江戸の遊客たちも戻ってきた。

勝太郎と一家の者たちは、なにが起こって急に景気が良くなったのか、いまひとつ、理解してはいない。

ともあれ博打場の客も増えて、切り盛りに忙殺され続けた。

そんなある日、荒海一家の寅三がやって来た。

勝太郎は、見世の奥座敷で対面した。寅三は懐から大きな包みを摑み出すと、勝太郎の膝前にドンと置いた。

「なんだい、そりゃあ」

勝太郎は首を傾《かし》げた。

寅三も首を傾げている。

勝太郎はますます不可解になった。

「なんなんだい、それは」

寅三は答えた。

「八巻ノ旦那からの御祝儀でさぁ」

「御祝儀ィ？」

包みを開けると、なんとその中には、小判が二十枚も包まれてあった。

「なんだい、こりゃあ」

勝太郎は同じ言葉を繰り返した。それぐらいに意味不明な金だった。

「八巻ノ旦那は、この小判をどうしろってぇ仰《おお》せなんだい」

「親分が受け取るんだよ」

「どういうわけで」

「この前《め》ぇの、宴会の祝儀だよ」

「わけがわからねぇ」

「ともかくだ。確かに渡しやしたぜ。それじゃあ御免なすって」

寅三は、こんな意味不明な大金とはかかわっていられねぇ、とばかりにそそくさと去っていった。

勝太郎は小判を前にして考え込んでしまった。

座敷と宿場に撒かれてしまった金が戻ってきた。否、その時の額よりもずっと大金だ。

「損得で言ゃあ、得したことになるわけだが……」

役人が賂に色をつけて返すなんてことはあり得ない。少なくともそんな話は聞いたことがない。

「お、おっかねぇ……！」

八巻同心に金銭でも絡み取られてしまった気分だ。

「あの同心が南町にいなさる間は、悪事はできねぇ……」

勝太郎は身を震わせた。


若年寄、酒井信濃守《さかいしなののかみ》の中屋敷《なか》は、浅草橋《あさくさばし》と呼ばれる一角にあった。

酒井信濃守は幕閣内では若手の有望格として知られている。当代の上様が幼少のみぎり〝ご学友〟として集められた子供の一人であった。そのまま小姓として立身出世し、今では将軍の側近として奉公している。

若年寄は老中（老中は敬称で、正しくは年寄という）の一格下の身分だが、老中職に空きができ次第、老中職に就くものと目されていた。

信濃守は着流し姿で、庭に面した座敷に座って、片手で団扇《うちわ》を使っていた。手入れの行き届いた庭には夏の花々が咲き誇っていた。

「老中職は五人……」

信濃守は独り言を漏らした。

老中の定員は五人である（政治の難局が山積みとなった際には増員されることもあるが、今はその時期ではない）。

「誰かが一人、辞めてくれぬことには、わしは老中になることができぬ」

下がつかえているけれども、上は席を空けてはくれない。

となれば、こちらから策を巡らせて、追い落としを謀《はか》るしかない。

老中の最高齢は本多出雲守《ほんだいずものかみ》だ。筆頭老中でもある。大老は臨時職で滅多なことでは置かれないので、幕府の最高権力者は筆頭老中と言ってよい。

本多出雲守は幕政を壟断《ろうだん》すると同時に、酒井信濃守の伸びようとする頭を抑え込んでいる。有能で将軍個人とも親しい信濃守が最大の脅威であることを知っているからだ。

「あの老人がおるかぎり、わしに出世の芽はない」

仮に老中に出世できたとしても、出雲守が権勢を振るう柳営《りゅうえい》（幕府）では、若輩者《じゃくはいもの》の信濃守にはなんの実権も回ってこない。

「出雲守は、潰さねばならぬ」

思案はいつもその結論に達するのだ。

「だが、柳営には、わしの味方はおらぬ」

幕閣の大名も、役人を務める旗本や御家人たちも、『寄らば大樹の陰』『長い物には巻かれろ』を処世術としている。出雲守のご機嫌を伺うことに汲々《きゅうきゅう》として、歯向かう者など一人もいない。

つまり幕府は皆敵、ということだ。

「ならば、味方は柳営の外に求めねばならぬな」

今の幕府を快《こころよ》く思わぬ者。出雲守の打倒で共闘できる力を持つ者――。

その時、酒井家の近習《きんじゅう》が、御殿の畳廊下を静々と踏んでやって来た。信濃守が寛《くつろ》ぐ座敷の前で両膝を揃えると、折り目正しく平伏した。

「申し上げまする」

さない。

信濃守は庭に目を向けつつ、団扇を使いながら質した。心中には出世欲が炎となり、焼け焦げそうであったのだが、外面《そとづら》は、家臣の前でも、泰然とした風を崩さない。

「なんじゃ」

近習は平伏したまま答えた。

「薩摩《さつま》のご隠居様が、ご機嫌伺いに参じましてございまする」

「左様《さよう》か」

信濃守は腰を上げた。

ただ今、思い浮かべていた人物が、向こうから我が屋敷にやって来た。

これは偶然ではなく、神慮《しんりよ》であろう、と、信濃守は思い込むことにした。

(幸先《さいさき》がよい)

「書院で会う。お通しせよ」

近習に命じて、自らも着替えるべく、いったん奥へと向かった。

書院ノ間の真ん中に一人の老人が堂々と座っていた。幕府の若年寄の屋敷だというのに遠慮や憚《はばか》りの様子はまったく見られない。傲岸不遜《ごうがんふそん》を絵に描いたような姿だ。

この老人――道舶《どうはく》は、薩摩藩島津《しまづ》家の隠居である。かつては薩摩と大隅《おおすみ》の二国を合わせて公称七十七万石もの大封を領していた。

だが、あまりにも傲慢《ごうまん》で、慎《つつし》みのない性格が将軍に嫌われて、強制的に隠居を命じられた。

道舶はもちろん激怒した。縁戚にあたる朝廷貴族にも働きかけて抵抗したのだが、幕府を代表して動き、その抵抗を封じたのが老中筆頭の本多出雲守で、その一件以来、道舶は出雲守を激しく怨《うら》み、呪っていた。

酒井信濃守は、入室すると素知らぬ顔つきで上座に座った。道舶はろくな挨拶もせず突然に、

「八巻が江戸に戻ってきたぞ」

と、怒鳴るような大声で言った。

信濃守と道舶は、本多出雲守を追い落とすために共闘してきた。このたびの公領の水害も「人災である」と言い立てて、本多出雲守追い落としに使うはずであった。同時に公領の復興に信濃守が才覚を発揮して、将軍の信任をも得るはずであったのだ。

ところが本多出雲守は先手を打って、八巻同心を公領に派遣した。酒井信濃守が勘定奉行所に命じて公領に送らせた金子《きんす》（復興予算）も八巻同心に奪い取られ、しかもその金を使って、八巻は公領の回復をなし遂げてしまった。

部下の手柄は上司の手柄だ。本多出雲守の名声はまたしても鰻登《うなぎのぼ》り。柳営内での権勢はますます磐石《ばんじやく》となった。

酒井信濃守と道舶は、一敗地《いっぱいち》に塗《まみ》れたのである。

負けず嫌いで自尊心の強い二人だからこそ、悔しがる素振りなどは見せずに澄ましているが、内心は煮えくり返っている。

「公領を元に復した出雲守めの許には、旧に変わらず、年貢米が届けられよう。配下の札差が銭に換え、出雲守の権勢を支える、ということじゃな」

道舶は性格が悪い。嘲《あざけ》るような目を信濃守に向けた。隠居の老人と若手の幕臣である。年齢差は父と子ほどもある。

信濃守も道舶の陰険な性格には辟易《へきえき》としていたが、それはさておき――、
本多出雲守の権力の源は幕府の直轄地からあがる年貢米である。公領では毎年四百万石もの米が取れる。年貢米を利権としている限り、政治資金は無尽蔵《むじんぞう》なのだ。

道舶は信濃守の顔を覗きこんでいる。

「さぁて、いかがなされる信濃守殿。次の一手やいかに」

信濃守は努めて涼しげな顔を取り繕った。挑発に屈して感情をさらけ出すようでは、政治家は勤まらない。

「急《せ》いては事をし損じるの謂《いい》もござる。出雲守は老体。いずれ隠居の御沙汰もくだろう」

政治の怪物、本多出雲守も、歳には勝てない。一方、信濃守はまだ若い。

「時が我らに味方をしてくれよう。焦ることはないのだ」

自分に言い聞かせるように言った。

すると道舶が目に見えて怒り始めた。

「信濃守殿はそれでも良かろうが、このわしはたまらぬ」

道舶もすでに白髪の老人だ。長生き競争で本多出雲守に勝てるかどうかはわからない。

酒井信濃守は、有能な政治家だけに冷酷な男だ。道舶のために危ない橋を渡るつもりはない――という顔で答えた。

「さりとて、年貢米を右から左へと動かすだけで、本多出雲守の懐には大金が転がり込む。大奥も幕閣も、金の分け前に与っておるかぎりは、出雲守の味方をいたす」

「そこじゃが」

道舶が改まった顔つきとなった。

「金を好むことでは、譜代《ふだい》も外様《とざま》もない。わしも金銭は大好きでな」

「急に、なにを仰《もう》せじゃ」

「わしも銭を儲けたいと思うておるのじゃが、いささか面倒な話になってまいった。八巻を誘い出すために、新潟湊《にいがたみなと》での抜け荷の件を使ったであろう」

「それが、いかがなされた」

「新潟湊に公儀の手が入るというもっぱらの噂。新潟湊での抜け荷は、根も葉もない嘘などではない」

「それならば、探索方に、手心を加えるように命じよう」

信濃守はこともなげに言った。役人に悪事を見逃すようにさせることなどわけもない。小判を何枚か握らせればそれで済む。

「話はそれだけでござるか」

「否、話はこれからじゃ」

道舶の目がギラリと光った。

「わしはこの抜け荷を、よりいっそう大きなものに育てようと考えておる。薩摩は痩せた土地柄でな。国は広いが、米が採れぬ。にもかかわらず、公儀より命じられる御役は立て続けでな。勝手向きは火の車じゃ」

島津家は関ヶ原《せきがはら》の戦いで徳川《とくがわ》家康に敵対した。領地は日本国の西の端に位置していて幕府の目が届きにくい。そこで幕府は、天下普請《ぶしん》の難工事を島津家に命じ続けて、常に島津家を貧乏にしておこうと謀っていたのだ。

近年には桜島《さくらじま》の大噴火もあった。田畑が火山灰に埋まってしまい、島津家の石高《こくだか》は激減したという。

「有体《ありてい》に申せば、抜け荷がなくては立ち行かぬのじゃ」

道舶は、獲物を見つけた獣のような目で信濃守を凝視した。

「どうじゃな、信濃守殿。このわしと手を結ばぬか。抜け荷の便宜をはかって下されたなら、儲けの二割を、そこもとの屋敷の銭蔵に運び入れようぞ」

道舶はニヤリと笑った。

「出雲守めが、年貢米で儲けていると申しても、年貢米はあくまでお上の物じゃ。米相場の利益もお上の金蔵に納められるべきものじゃ。出雲守はその上前《うわまえ》を掠《かす》め取っているにすぎぬ。出雲守は馬鹿ではない。露顕《ろけん》せぬ程度の額を懐にしておるはずじゃな」

「露顕せぬ程度の額、といっても、それだけの金子があれば、天下の権を左右できる」

「出雲守も内心では『露顕いたしたならばどうしようか』と怯えておろう。なにしろ上様の金子なのじゃぞ。勘定奉行所の役人が帳簿と突き合わせれば、出雲守の着服はすぐにわかる」

「確かに、出雲守が無闇に賂をばらまけば、その金子の出所はどこかと、上様が不審に思われるかも知れぬ」

道舶は不穏な目で信濃守を見上げてきた。

「なんなら信濃守殿が、上様にご注進なされればよろしかろうが」

信濃守は憮然として、なにも答えなかった。

幕府の年貢米や公金を運用して私腹を肥やすことは幕閣の利権なのである。信濃守も、いずれは出雲守に成り代わって、このからくりで大儲けをしようと考えていたのだ。からくりの詳細を将軍に通報すれば、出雲守を失脚させることはできるけれども、自分が私腹を肥やすことも、できなくなってしまう。

道舶はそれについては深くは質さず、話を変えた。

「ひるがえって抜け荷の儲けは、この世にあるはずのない金子なのだ。お上に気取られることなく、どこにでも撒くことができるのだ」

「それは道理だが……。だが、いったい、いかなる抜け荷で儲けようと言うのか。阿片《あへん》などは、けっして許せるものではないぞ」

「そんな物は持ち込まぬ」

道舶は（見損なうんじゃない）という顔をした。

「わしが抜け荷で売りさばきたい物は、天下のためになる品じゃ。そこもとはった一枚、指南書（行政命令書類）をしたためれば良い。そういうからくりを、わしのほうで用意してある」

道舶は声を潜めて、悪事の子細《しさい》を語り始めた。

五

「それ〜、踊れ〜、歌え〜」

卯之吉が二階座敷の真ん中で身をクネクネとさせている。

ここは吉原《よしわら》。卯之吉が贔屓《ひいき》にしている大見世《おおみせ》、大黒屋《だいこくや》だ。江戸に戻るなり早速に、卯之吉は吉原に繰り出したのであった。

「さぁ、どんどん派手にやりましょう！」

ここぞとばかりに金銭を撒く。遊女や芸人たちは大喜びだが、その金の出所を知っている庄田朔太郎《しょうださくたろう》は「あああ……」と呻《うめ》きながら頭を抱えた。

幕府が公領の被災の手当てのために送った公金を、卯之吉はまんまと着服した。その金が巡り巡って大水《おおみず》を引かせる元手となったし、公領の百姓領民たちを力づけもした。百姓たちを飢えさせずにすんだことは、卯之吉の手柄と言ってもよかった。

寺社奉行所の大検使として、庄田朔太郎は一部始終を目撃した。

しかしそれは『結果としてそうなった』というふうにしか、朔太郎の目には映らない。卯之吉は、自分がやりたい遊びをやりたいようにやっていただけだ。

卯之吉は、着服した金を私し、道中でも散財しまくった。そして最後の残金を、今夜ここで使い切ってしまう覚悟であるらしかった。

確かに——、金持ちが金を使うことによって景気が良くなるのであるから、卯之吉の散財も公領と江戸の復興の役に立っていないと言えなくもない。ないのだけれども、

「卯之さん、江戸に帰って早々にコレは、ちょっとまずいんじゃねぇのかい」

卯之吉の立場も案じられてきて、朔太郎はそう言った。

卯之吉は生き生きとした顔つきで、朔太郎の許まで戻ってきて、金屏風《きんびょうぶ》の前にピョンと座った。

(宴の時だけは、元気いっぱいだなぁ)

朔太郎は呆れる思いで見ている。

卯之吉は美酒の注がれた大盃を手にしながら、朔太郎に訊《き》き返した。

「なにがまずいんですかね」

実にサッパリとした、晴れがましい顔つきだ。

一方の朔太郎は苦々しさでいっぱいだ。

「公領の実態を南町の奉行に詳しく報《しら》せる、とか、やるべきことが山ほどあるだろうよ」

「それでしたなら、御勘定奉行所のお役人様がお出しになった帳簿を、丸写しにして出しときましたから大丈夫です」

「なんだと？」

「公領の御支配は御勘定奉行所ですからねぇ。あたしなんかが調べるよりもよっぽど詳しくお調べになられました。餅は餅屋の謂どおりですよ」

各地の代官所に送られている代官たちは、勘定奉行所の役人だ。卯之吉の言うとおり、公領のことなら勘定奉行所がいちばん詳しいはずである。

「どうやって勘定奉行所の文書に目を通したんだよ」

行政に関する書類は機密事項だ。ところが卯之吉は涼しい顔である。

「手前どもの三国屋《みくにや》は公領のお米を扱うのが仕事でございますからねぇ。御勘定奉行所の文書をお借りして引き写すぐらい、何ほどのこともございませんよ」

「徳右衛門《とくえもん》の仕業か！」

三国屋の主の徳右衛門が、可愛い孫のために横車《よこぐるま》を押したのに違いない。いやはや幕府の公文書に手をつけて書き写すとは。露顕したら大騒ぎとなる大罪だが、

(これぐらいで驚いちゃならねぇ。あの爺《じじ》ぃなら、それぐらいのことはやってのけて当然だ)

朔太郎は大きく息を吸って、胸の鼓動を抑えた。

「お前ぇさんを公領に送り出した、出雲守の御前には、挨拶に行かなくていいのかい」

「ああ、あの人のお尻《しり》なら、もうとっくに治りましたよ。あたしが顔を出すまでもありません」

（そうじゃないだろう）と思ったのだけれど、卯之吉に道理を言って聞かせたところで仕方がない。

卯之吉は盃を呷《あお》って、さも嬉しそうに笑った。

「これは精進落としですよ。満徳寺《まんとくじ》さんに長いことお世話になってましたからね」

参詣旅《さんけいたび》の最後に〝精進落とし〟と称して酒宴を張るのは、庶民によくある習わしだが、歴代の徳川将軍の位牌《いはい》を祀《まつ》る寺を、精進落とし呼ばわりするとは。これが知れたら切腹ぐらいでは済まされない。

「美鈴がお冠じゃねぇのか」

「あの人は吉原が嫌いですからねぇ」

「お前ぇさんが吉原好きだからだろ」

「女人《にょにん》が一人で吉原に入るのは難しいですから、大丈夫です」

そういうことを言っているのではない。何かがおかしい。ずれている。

「弥五郎《やごろう》を亡くした由利之丞《ゆりのじょう》のことも思いやってやれ」

「それなんですけれどねぇ……」

卯之吉は不思議そうに首を傾げた。

「あたしには、水谷《みずたに》先生が亡くなられたとは、ちっとも、思えないんですよね」

「野郎が生きているっていう証《あかし》があるってのかい」

「いいえ。でも、ひとつも悲しくないもんですから」

「悲しくないから生きてるってのかい。それが本当なら、本物の千里眼だよ」

そんなこんな、遊女や芸人たちには聞かれぬように囁《ささや》きあっていると、なにやら高笑いの声を響かせながら、越後《えちご》山村《やまむら》藩主の御曹子《おんぞうし》——といえば聞こえはいいが、実態は冷や飯喰らいの三男坊の源之丞《げんのじょう》が、ノシノシと踏み込んできた。

「よお卯之さん！　十町も先から、お前ぇが登楼してることがわかったぜ。こうまで派手に三味を鳴らさせるのはお前ぇしかいねぇ！」

断りもなくドッカと腰を下ろすと、

「酒だ！」

と、大きな手を女たちに向かって突き出した。

「まぁた厄介《やっかい》なのが来やがったなぁ……」

朔太郎はますます頭が痛い。

源之丞は、差し出された朱漆《しゅうるし》の大盃に酒を並々と注がせて大喜びだ。

ひときわ騒々しい源之丞の乱入で、卯之吉の宴席はますます賑やかになってきた。

卯之吉は銀八を呼び寄せて、

「下の通りに菓子売りが来ているだろう。買ってきておくれ」

そう言って小判を渡した。菓子を買い求めるのに小判を出す男は滅多にいない。京の老舗《しにせ》だって小判なんかを出されたら釣り銭に困る。

銀八は階段を下りていく。すぐに菓子売りの十人も引き連れて戻ってきた。

卯之吉は目を丸くさせている。

「そんなにお菓子を買ったのかい」

(そりゃあ、一両も渡せば、そうなるだろうぜ)

朔太郎は呆れた。

「それじゃあね、あるだけ置いて行っておくれな」

卯之吉がそう言うと、菓子売りたちは座敷の真ん中に菓子を山と積んで、出ていった。

卯之吉は舌なめずりしながらにじり寄って、両手で菓子を摑むなり、むさぼり食べ始めた。

源之丞は呆れながらそれを見ている。

「なんでぇ。女たちに買ってやったんじゃねぇのか」

吉原の菓子は、女や禿《かむろ》たちに買って与えるためのものだ。客が食べる姿は、粋とは言い難い。

「う〜ん。あたしは本当に、甘い物に飢えていたんですねぇ」

卯之吉はモグモグしながら言った。ゴクンと飲み下すと、

「お茶！」

と催促《さいそく》した。

「菓子を食って茶を飲むなんて、まるっきり下戸《げこ》の風情《ふぜい》だぜ」

源之丞は呆れている。

吉原の菓子は美味なことで知られていた。やはり女たちが散財して買い求めるからに違いない。客の多い場所では売り物の質は向上する。吉原は江戸でも一番の、砂糖の消費地であったと言えた。

その時であった。

「お、お待ちくださいッ、困りまする！」

階下で男の叫ぶ声がした。朔太郎は首を傾げた。

「今のは？　大黒屋の主の声じゃねぇか」

誰かが押し入ってきて、それを主人が必死に押しとどめている、そんな気配だ。

続いて、大きな足音が階段を踏んで上がってきた。建物全体が揺れる。そして座敷の襖をパーンと開けて、

「俺のお菓子を取っちまったってぇのは、手前ぇかあ！」

襖の向こうに立った男が、大声を張り上げた。

座敷の中にいた者たち、卯之吉、朔太郎、源之丞、銀八、それに遊女と芸人たちが一斉にそちらを見た。彼らの目に映ったのは、団子鼻と分厚い唇、二重顎に、びっしりと生えたこわひげだけであった。その下に鯨《くじらじゃく》尺で仕立てた着物をまとった肥満体があった。

どんなことにも臆さない源之丞までが茫然としている。廊下の男は、あまりにも巨大に過ぎて、鼻から上が鴨居《かもい》に隠れて見えないのだ――ということに気づくまで、若干の時間を必要とした。

「なんでぇ、手前ぇは」

源之丞が質すと、廊下の男は鴨居をくぐって座敷に入ってきた。鴨居をくぐる時に身を屈《かが》めたので、なにやら、お辞儀をしながら入ってきたように見えた。

座敷の一同も、無意識に低頭し返した。

近くで見ればますますの巨体だ。天井に頭がつっかえるほどに大きい。上背があるだけではなく横幅も広い。

「俺ァ、関取の、餡子山大五郎《あんこやまだいごろう》だい！」

名乗りをあげる。そしてギロリと目を剝《む》いて、座敷の人々を順に睨んだ。

朔太郎は首を傾げながら源之丞に横目を向けた。

「餡子山？」

源之丞も首を傾げている。

「変わった四股名《しこな》だな」

餡子山は大髻《おおたぶさ》の銀杏髷《いちょうまげ》、髷の先だけでも琵琶《びわ》の撥《ばち》のように大きい。真っ黒なゲジゲジ髷で目も大きい。縮《ち》れ毛《げ》のもみあげを伸ばしている。ちくわのように太い人指し指を伸ばして、

「そいつぁ俺のお菓子だア」

と、またしても叫んだ。

卯之吉は両手で饅頭《まんじゅう》を摑んで、口をモグモグとさせている。ゴクンと飲んで、銀八に顔を向けた。

「このお人のお菓子を盗んできたのかい」

「滅相《めっそう》もないでげす」

銀八は顔の前で片手を振った。

「あっしは若旦那からお預かりした小判を見せて、通りを流していた菓子売りの親仁たちを呼び止めただけでげすよ」

「その親仁は、俺が下谷広小路《したやひろこうじ》の菓子問屋から呼んだ野郎だ！」

「ははぁん。その親仁さんは小判に目が眩《くら》んで、あなたのお菓子をあたしの座敷に持ちこんじまった、というお話なのですねぇ」

卯之吉は「ようやく話が飲みこめましたよ」と言った。

そう言いながらもう一つの饅頭を手にして齧《かじ》りついた。卯之吉のことだから悪気はまったくない。自らの欲望に忠実に振る舞っているだけなのだが挑発しているようにも見える。

銀八はオロオロとした。

「この不始末はあっしの責め。若旦那に手出しはなりませんでげす……あっ、あっしを殴るのも御免蒙《ごめんこうむ》りやす」

卯之吉はニコニコと微笑んでいる。

「お菓子はあたしが食べちゃいましたから。まぁ、代わりにお酒でも飲んでいってください」

「俺は下戸だぁ！」

銀八が二人の間に割って入って、押しとどめようとした。

「お菓子なんてもんは、いくらでも取り寄せることができますから――」

「馬鹿を言え！　この大水で、お江戸にゃあ砂糖が入って来ねぇ！　俺ァ、甘い物を食ってねぇと土俵で力が出ねぇんだ！」

「それは大事《おおごと》ですねぇ」

卯之吉はまるっきり他人事《ひとごと》の顔つきで薄笑いを浮かべている。

「お相撲取りが負け相撲ばっかりじゃ、お大名様のお屋敷から追い出されちまいますねぇ」

相撲取りは大名家のお抱えだ。負けが込むと解雇される。

「それがわかっていやがるのなら――！」

そこへドヤドヤと牛太郎《ぎゅうたろう》たちが乗り込んできた。見世に雇われている雑用係兼用心棒だ。

「お座敷を荒らす相撲取りってのは手前ぇか！」

「出て行きやがれ！　出て行かねえのなら追い出すぞ！」

牛太郎が勇むと、餡子山の目尻がつり上がった。

「面白《おもしれ》ぇ、かかってきやがれ！」

啖呵を切るなり餡子山は、両襟を肩から下ろして、もろ肌脱ぎとなった。ポチャポチャと肥えた餅肌の上半身が露《あらわ》となった。

卯之吉は面白そうに見ている。

「このお相撲さん、お饅頭みたいに見えるねぇ」

銀八も頷《うなず》いた。

「お饅頭の化身かもしれねぇでげす」

牛太郎たちは全身で餡子山に突っ込んでいく。餡子山はガッチリと巨体で受け止めた。

「うおおおッ！」

自分の腰回りに組みついた牛太郎たちを引き剝《は》がすと、右に、左にと、投げを打つ。牛太郎も屈強な男たちであったが、簡単に投げ飛ばされて畳に叩きつけられた。

「どうだッ」

餡子山が仁王立ちして両腕を突き上げた。

こうなると喧嘩好きの源之丞は黙っていられない。

「俺が相手だ！」

腰の脇差しを抜いて丸腰になると餡子山に摑みかかった。源之丞も六尺を超える体格だ。おまけに（ひとつの道場に長続きはしないけれども）武芸好きである。

「うおりゃっ」

「おう！」

源之丞と餡子山は、気合いの声を発して組み合った。

遊女や芸人たちが悲鳴をあげて逃げ回る。皿や銚釐《ちろり》が蹴飛ばされ、セトモノの割れる音が響いた。

飛び込んできた見世の主人があたふたとしている。

「おっ、おやめください！　床が抜けるッ……！」

組み合った二人の回りを走り回る姿がなにやら行事のようにも見える。

卯之吉は一人ではしゃいで喜んでいる。

「それーッ、のこった、のこった！」

扇子《せんす》を開いて煽《あお》り立てた。

外では呼子笛《よびこぶえ》が鳴っている。吉原の治安を守る自警団、四郎兵衛会所《しろべえかいしょ》の若い者たちの走ってくる声が聞こえた。

第二章　怪火

一

「若旦那、起きてください。もう九ツ（正午）でげすよ」

銀八が卯之吉の夜具に手をかけて揺さぶった。

卯之吉は頭まで夜具をかぶって出てこない。

「若旦那、ずーっと公領に出役《しゅつやく》していて、南町奉行所はご無沙汰にしてたんでげすから、早く顔を出さないと、上役様に忘れられてしまうでげす」

卯之吉の寝惚《ねぼ》けた声が布団の中から聞こえてくる。

「今日は非番だよ。寝かせておいておくれ……」

「非番だからって、寝ていていいわけがねぇでげす。町の人が陳情に来るかもしれねぇんでげすから」

「あたしみたいな、頼りにならない者のところに、誰が来るもんかね」

確かに、遊興と朝寝坊ばかりしていたら〝頼り甲斐《がい》のある同心〟だとは見做《みな》されない。だったら頼り甲斐のある同心になれるように努力をするのが人というものであって、頼りにされていないのを良い事に、寝てばかりいるのでは横着《おうちゃく》にすぎる。

台所のほうから、

「御免下さいまし」

と、来客の声が聞こえてきた。美鈴が応対に出た様子だ。

美鈴はすぐに寝所にやって来た。廊下で両膝を揃える。

「三国屋の大旦那さんがお見えになりました」

銀八はギョッとなった。

「わっ、若旦那ッ、一大事でげす！」

三国屋徳右衛門は、なにゆえか卯之吉のことを、本物の辣腕《らつわん》同心だと思い込んでいる。そんなわけがないだろうと銀八ですら呆れるのだが、徳右衛門は、極めて思い込みの激しい人物なのだ。

（大旦那には、若旦那のだらしない姿は見せられねぇでげす）

銀八は卯之吉の敷き布団を引っぱがした。畳にゴロンと転がった卯之吉の寝間着を脱がせにかかる。

「きゃあ」

褌《ふんどし》一丁とされた卯之吉を見て、美鈴は激しく恥じらって出ていった。

「八巻様のご活躍で公領の大水《おおみず》も引き、この秋の収穫も、どうにか目処《めど》がつきましてございまする。我ら札差が年貢米をお預かりできるのも八巻様のお陰。江戸の札差一同、八巻様のご尽力には頭が上がりませぬ。ただただ御礼申し上げるばかりにございまする〜」

徳右衛門が仰々《ぎょうぎょう》しい物言いで、深々と平伏した。

卯之吉としては（あたしが何をしましたっけ）という顔つきだ。それ以上に眠たくて何も考えられないのに違いない。

銀八も卯之吉はただ好きなように遊んでいたとしか思えない。徳右衛門の物々しさが場違いに感じられるばかりだ。

「つきましてはこれを……。ほんの御礼代わりにございまする」

徳右衛門は二十五両の包金を袱紗《ふくさ》に山盛りにしたものを、ズイッと差し出してきた。

どうやら手代の喜七《きしち》に背負わせてきたらしい。喜七は台所で困った顔をしている。

公領の復興はまだ道半ばだ。これからも諸々《もろもろ》の金がかかるはずなのに、卯之吉にはポンと大金を出してしまえるのだからすごい。

卯之吉自身は、何が起こっているのかいまひとつ理解していない顔つきだ。やっぱりまだ寝足りないのだ、と銀八は思った。

「まぁ、なんとか無事に収まってよろしゅうございましたねぇ」

包金の山には関心を示さぬ顔つきでそう言った。

「それにしても、お江戸もずいぶんと品不足のご様子ですねぇ」

そんな寝ぼけたことを唐突に語りだした。

徳右衛門は小首を傾《かし》げる。

「八巻様のお目には、そう映りましたか」

「あたしが江戸を出た時とでは、商家の様子が一変していますよ」

「これはきついお叱《しか》りを蒙《こうむ》りました。お江戸の商いをお上《かみ》より託されているのは我ら商人衆。お江戸の物不足は、我らの責めにございまする」

それは確かにそうなのだけれど、卯之吉に恐縮して詫《わ》びを入れることはないだろう、と銀八は思った。

徳右衛門は額《ひたい》の冷や汗を懐紙で拭《ぬぐ》っている。

「公領より戻られてすぐに、お江戸の品不足にお目をお止めなさるとは……さすがは八巻様のご慧眼《けいがん》」

「そんなんじゃないですけれど、昨夜《ゆうべ》、吉原で――」

「あわわわ！」

銀八は慌てて割って入った。卯之吉がまだ遊興に溺《おぼ》れていることを、徳右衛門に知られてはならない。なんといっても、徳右衛門は卯之吉の祖父なのだ。

「若旦那は、町人たちの暮らし向きに、つねに目を向けていらっしゃるでげす！市中巡回も、毎日欠かさないでげすよ！」

嘘はついていない。ことに、夜の遊里の巡回は欠かさない。

徳右衛門は素直に感心している。

「さすがは八巻様。南北町奉行所一のお働きにございまする」

「話の続きなんですけれどねぇ。お江戸は、砂糖が足りていないのですかねぇ」

「砂糖にございますか」

「昨夜もねぇ、お菓子が食べられないと言って、お相撲さんが、吉原で大暴れをしましてねぇ」

「なんという不見識な。恥も外聞もあったものではございませぬなぁ、その相撲取り」

いえいえ、不見識に関しては、若旦那と大旦那様が江戸の両横綱でございます、と銀八は思ったのだけれど黙っている。

ちなみに江戸の相撲番付の最高位は大関である。大関の中で別格に素晴らしい成績を残した者は「この異常な強さは人間のそれを超越している。神様が宿っているのに違いない」と判断されて、腰回りに注連縄《しめなわ》が張られる。これが横綱だ。相撲取りは偉くなると御神体《ごしんたい》になるわけだ。

(若旦那の放蕩《ほうとう》ぶりは人の枠からはみ出ているでげすが、放蕩の神様、なんてぇものが、この世にいてくれては困るでげす)

などと銀八は考えた。

徳右衛門は卯之吉のことを、心底から辣腕同心だと思い込んでいる。

「さては、その相撲取り、八巻様に懲らしめられて泣きを入れましたか」

「いえいえ。お菓子を分け合って食べました」

何がなんだかわからぬ話だ。卯之吉は他人が理解するように喋《しゃべ》るということをしない。

話をしているうちに卯之吉の目が爛々《らんらん》と輝き始めた。野次馬根性がわいてきたらしい。

「お砂糖ってのは、どういう商いを経て、お江戸に入ってくるのですかねぇ」

卯之吉はもともと好奇心の旺盛な人物なのである。ただ、その好奇心が長続きしない。長続きすれば、職人（技術者）や学者として身を立てることができたのだろうけれども、飽きっぽくて何をやらせてもモノにならない。

「八巻様は砂糖にご執心でございますか」

徳右衛門が不可解そうな顔をした。町奉行所の同心が、なにゆえに関心を示すのかがわからないのだろう。

すると喜七が、台所から答えた。

「八巻様は、公領の作事を頼んだ衆に甘茶を振る舞っておられました。砂糖の入った茶を飲むと、力が出ますからねぇ」

出水《でみず》の排水路を掘る作事（工事）の際には大釜で茶を煮立てた。カフェインと糖分の補給が労働者にとって大切なことを知っていたからだ。

「なるほど、それで砂糖にご関心を……。人を思いやる八巻様のお優しさに、この三国屋徳右衛門、深く心を打たれておりまする……」

感激して涙をこぼし始めた。

歳をとると涙もろくなるというが、徳右衛門は冷酷非道な悪徳商人だ。涙を流すのは可愛い孫の卯之吉の前でだけである。

サッと涙を拭《ぬぐ》うと、冷徹に思案を巡らせる居住まいに戻った。

「それほどまでに砂糖が足りないのでございますれば……、ここは砂糖商いで大《おお》儲《もう》けをする好機かもしれませぬなぁ」

などと、頭の中で算盤《そろばん》を弾《はじ》く顔つきになって言った。

「砂糖はもっぱら、異国《とつくに》との交易《こうえき》に頼っておりまする」

徳右衛門は、商いに関してはなんでも詳しい。さすがは江戸一番の豪商だ。

「明国《みんこく》の船が長崎の湊《みなと》に砂糖を運んでまいります」

明国はとっくの昔に女真族《じょしんぞく》によって滅ぼされ、女真族が清《しん》帝国を建国していたのだが、日本は清国の存在を認めずに、大陸の国家を明国と呼んでいる。

無理からぬところもある。日本にやって来るのは明国の遺臣たち（漢人）ばかりだからだ。騎馬民族の清国人は船を使っての貿易ができない。明国の遺臣たちが交易を取り仕切っている。彼らは滅亡した明国の旗を立てて日本の湊にやって来るのだ。

「ははぁ、お砂糖は明国の産でしたか」

「いいえ。お言葉ですが、それは違いますな。運び込んでくるのが明国の船だという話でございまして、砂糖を作っておりますのは、琉球国《りゅうきゅうこく》やエゲレス国にございますよ」

「ほほう、エゲレス」

卯之吉は蘭学をかじっている。エゲレス国が、どこにある国かは知っている。徳右衛門もそのつもりでくどくどしい説明はしない。

「エゲレス国が南蛮（この場合は東南アジア）で作らせた砂糖を、明国の商人に売りまする。明国の商人は、それを長崎に運び入れまする」

徳川幕府が交易を認めているのは、オランダと明の二カ国だけだ。面倒な三角貿易を経なければならない。当然、砂糖の値も上がる。中間業者の明国人が手間賃を上乗せするからだ。

「長崎の会所を経まして、砂糖は大坂の砂糖会所に運ばれまする。それから江戸に送られるのでございます」

　長崎会所は長崎の商人たちが作った同業組合で、長崎奉行所の支配下にある。ところが砂糖会所は大坂町奉行所の支配下だ。こうして人と役所を経るごとに、様々な名目で金銭が課せられて、売値に上のせされていく。

　かくして江戸に届くころには、高額な嗜好品《しこうひん》になってしまうのである。

「お上のご指南を頂戴いたしまして、昨今では、駿河《するが》や遠江《とおとうみ》でも砂糖黍《さとうきび》の殖産が始まっておりますけれども、本朝（日本）で作れます砂糖は黒糖のみ。白砂糖や氷砂糖は、もっぱらエゲレスに頼っておる次第にございますよ。砂糖といったら、白糖のほうが高値で商いされますからねえ」

　卯之吉は話を聞いているうちに、どうでも良くなってきたのか、眠そうな顔に戻っている。

　徳右衛門はふしだらな孫の様子には気づかずに、独り、思案顔だ。

「確かに、ただ今のお江戸は、砂糖に限らず、売り物が不足してございまするなあ。商家が元の活況を取り戻すまでには、今少しの時がかかりましょう」

　卯之吉はまるっきり他人事《ひとごと》の顔つきで、

「早く元に戻るといいですねぇ。あの相撲取りさんのためにも」

などと言った。

二

上野国《こうずけのくに》の山中を〝三国街道《みくに》〟が縦断している。

中山道の高崎宿《たかさきしゆく》で分岐して、北へと向かうのが三国街道だ（中山道をそのまま西へ進むと、信濃国《しなののくに》を経て京に至る）。三国街道は越後国《えちごのくに》の湯沢《ゆざわ》、長岡《ながおか》などを経由して、寺泊《てらどまり》の湊に繋《つな》がっていた。

その道中のほとんどは急峻《きゆうしゆん》な峠《とうげ》と山道だ。上野国は火山地帯なので山中には大きな岩が剝《む》き出しで転がっている。谷も深くて険しい。危険続きの難所なのであった。

山中の猟師小屋に炊煙《すいえん》が立っている。四方一間半ばかり（畳の部屋なら四畳半に相当）の小さな小屋だ。床は作られておらず、地べたに簀子《すのこ》を置いた上に、莚《むしろ》が敷かれてあった。真ん中に切られた囲炉裏《いろり》には鍋が吊るされてあって、粥《かゆ》が湯気をたてていた。

囲炉裏を囲んで、大男がドンと大胡坐《おおあぐら》をかいている。椀の粥をサラサラと喉に流しこんでいた。

「おかわりだ」

空になった椀をグイッと突き出す。その腕は丸太のように太い。指も節《ふし》くれだっている。

苫小屋《とまごや》の主は猟師の老人であった。彼は怖々と椀を受け取ると、鍋の粥をよそった。

椀を渡しながら、大男の様子を伺う。

羊羹色《ようかんいろ》の着物と袴《はかま》を着けている。もしかするとこの生地《きじ》、初めの色は黒だったのかもしれない。何度も洗濯しているうちに羊羹色になったのだろう。

月代《さかやき》とひげの伸びた顔がいかにも恐ろしい。見るからに強面《こわもて》の浪人である。膝の脇に置かれた刀も太くて長い。三国街道も大名行列が通るが、万事が華奢《きゃしゃ》で流麗なことを尊《たつと》ぶ昨今、こんな大ダンビラを差している武士などいない。

頑丈な刀は実用のためにある。刀にとっての実用とは、すなわち人斬りだ。

この浪人は人斬りを生業《なりわい》としているのに違いない――そう老人は考えて、ますます激しく身震いをした。

浪人は際限なく粥を喉に流しこみ続けた。椀を戻すと「ふうーっ」と大きく息をついた。

「思いの外《ほか》、美味《うま》いぞ。こんな山中で白米が食えようとは思わなかった」

「馬鹿を言うでねぇだ」

老人は口を尖《とが》らせた。

「猟師だって米ぐらい食っとるだ。稗《ひえ》や粟《あわ》みてぇな雑穀を食うもんか。オラたちは米を食うために、懸命に働いとるだよ」

里に下りれば米屋がある。猟の獲物を売って作った金で米を買う。

「ふむ、なるほど」

と、浪人は頷《うなず》いた。

武士は百姓から年貢を取る。年貢率は四割だ。武士は自分たちが食べる分を除いて、残りの米を売りに出す。売って得た銭が生活費となる。

その米を買って食うのが百姓をはじめとする庶民たちだ。百姓は野菜、鶏《にわとり》の卵、木綿《もめん》、絹などを作って都市部で売り、現金を得て、米を買う。

かくして商工業が発達し、商人と百姓は豊かになるが、年貢に頼る武士だけが一人負けで貧しくなる、という現象が発生する。

「お前たちが米屋で米を買う。米屋はその銭で米問屋の米を買いつける。米問屋は江戸の札差から米を仕入れる。かくして三国屋の商いが潤い、徳右衛門が稼いだ大金の一部が八巻氏《うじ》の小遣いとなり、わしへの褒美《ほうび》となり、お前への礼金になるわけだ」

大男は懐《ふところ》から銭を出した。

「取っておけ。馳走《ちそう》になった」

貧しい武士の中でも最下層に属する浪人が、傍《かたわ》らの刀を摑《つか》みながら立ち上がる。粗末な小屋の屋根裏に頭がつかえそうだった。

「世話になったな。礼を言うぞ」

猟師の老人は、銭と浪人の顔を交互に見た。

「出て行かれるのけ」

「うむ。身体《からだ》も良くなった。お前の看病のお陰だ」

「いや、オイラなんか、何もしていねぇ。浪人さんの身体が人一倍に丈夫だからだべ」

浪人は小屋の外に出た。帯に刀を差しながら頭上を見上げた。木漏れ日が差し込んでくる。よい天気だ。

老人は律儀《りちぎ》にも見送りに出てきた。

「里に下りたら、お医者に診てもらいなせぇよ。谷に落ちたんだ。無事に済んでるわけがねぇ。どっか痛めてるのに違《ちげ》ぇねぇんだ」

「わしはお前のような熊撃ち名人とは違ってな、医者に診てもらう大金などは持ち合わせておらぬ」

そう言ってから、俄《にわ》かに思案する顔となった。

「そういえば、かの男も医者であったな。かの男ならば、タダで喜んで人の身体を診るであろうが……。いや、それだけはやめておこう」

いったいどんな医者を想像しているのか、浪人は顔色を変えて身震いをしている。

去ろうとする浪人の大きな背中に老人はしつこく声を掛けた。

「山賊が出るという話もあるだで、お気をつけなせぇよ」

「盗られる物など何もない」

「本当の話だべ！　大雨で食い詰めた連中が、旅人の荷を狙っとると聞いた」

「わかった。気をつけよう」

浪人は振り返らずにズンズンと坂を下っていった。

（うむ。五体に大事はなかったようだな）

浪人、水谷弥五郎は、両腕を振り回しながら山道を早足に下りていく。

八巻卯之吉をつけ狙う曲者《くせもの》との斬り合いになり、ともに谷底へと落ちた。弥五郎は途中の木に引っかかって助かったのだが、全身が酷《ひど》い打ち身で、しばらくは身動きのできない有り様だった。

助けてくれたのは通りかかった猟師である。崖の中腹で唸《うな》っている弥五郎を発見し、最初は熊だと思ったらしい。次には悪党の一味だと思い違いをした。

（まったく、なにゆえそんな勘違いをしたのであろうな）

と、自分の容貌には自負（もしくは勘違い）のある弥五郎は、はなはだ不本意だ。

ともあれ猟師に助けられて小屋で介抱された。弥五郎はすぐに元気を取り戻した。

（わしが寝ている間に、皆、江戸に帰ってしまったのであろうな）

猟師は、獲物をとるたびに里に売りに行くので、里の話には詳しかった。江戸から来た役人の活躍で大水が引いたことも、猟師から聞かされた。

（その役人とは八巻氏のことであろう）

またいつもの勘違いが発生し、生き神様のように崇《あが》め奉《たてまつ》られているらしい。

ともあれ公領の危機は去った。弥五郎も江戸に戻らなければならない。

(これほどの目に遭《あ》わされたのだ。褒美をたくさんもらわぬことには割りがあわんぞ)

などと考えながら、江戸を目指して歩き続ける。

と、その時であった。

「むむッ、今のはなんだ……?」

男の叫び声が、どこからともなく聞こえた気がした。弥五郎は足を止めて耳を澄ました。

(確かに、人の声が聞こえるぞ)

深い山中で、谷と尾根とが複雑に入り組んでいる。声は様々に反響し、どこから聞こえてくるのか、捉え難かった。

弥五郎は考え込んだ。

(見捨ててはおけぬなぁ)

自分も谷から助け上げられたばかりだ。難儀な目にあっている者がいるなら、見殺しにはできない。

しかも騒ぎ声は次第に近づいてくるようでもある。弥五郎は腰の刀を押さえながら駆け出した。

尾根をグルリと回って反対側の斜面に出るとすぐに、悲鳴が聞こえた。

「おたっ、お助けーッ」

荷を背負った商人姿の、三十歳ばかりの男が走ってくる。

その背後には、汚い手拭いでほっかむりをした曲者たちの追ってくる様子も見えた。

(食い詰め者が山賊をしている、というのはこやつらのことか)

弥五郎は斜面を駆け下りて山道に降り立った。逃げてきた商人は、突如《とつじょ》目の前に出現した浪人者に驚いている。(曲者に挟み撃ちにされた)と勘違いしている顔つきだ。

「わしは山賊の仲間ではない。むしろ役人の側におる者だ」

弥五郎はそう言うと、商人を背後にかばって、山賊たちの前に立ちはだかった。

「何だ、手前《てめ》ぇは！」

山賊は三人、手には竹槍《たけやり》や、赤錆《あかさび》のついた手槍を構えている。

だが、槍の構え方も知らない素人《しろうと》だ。右足を前に踏み出している者までいた。

（やれやれ。堅気者《かたぎもの》が強盗の真似事か）

弥五郎は露骨に不機嫌な顔つきとなった。

一方、山賊たちは興奮している。

「邪魔だてすると、槍で突くぞ！」

山賊の一人が、へっぴり腰で、錆び槍を突き出してきた。

「むんっ！」

弥五郎は居合斬りで刀を一閃《いっせん》させた。槍の柄《え》がスパーンと切り飛ばされた。

「ひえええっ」

山賊は情けない声を上げた。手許に残された槍の柄を見る。ただの木の棒になっていた。

弥五郎は威嚇《いかく》のために刀をビュッと振り下ろした。

「わしは、街道筋の親分の世話にもなっておる浪人だ。街道筋の商いを脅かす者は許しておけぬぞ」

弥五郎は、江戸に出る前、関八州の街道筋を渡り歩いて、用心棒などを務めていた。街道筋の俠客《きょうかく》たちが街道の治安を守っているのは事実だ。街道を旅人が無事に旅できればこそ、博打場《ばくちば》や女郎宿で銭を稼ぐことができるからである。

弥五郎は刀の峰を返すと、ズンと踏み込んで刀を振るった。

「ギャッ」

打ちのめされた山賊が一撃で昏倒《こんとう》する。弥五郎が刀を振るうたびに、山賊気取りの男たちは、惨《みじ》めに倒されていった。

「あわっ、あわわわ」

情けない声を漏らしているのは、助けた商人であった。大きな杉の根元で腰を抜かして震えている。

「もう大丈夫だ。案ずるな」

弥五郎は刀をパチリと鞘《さや》に納めた。

「縄はないか。こいつらを縛りつけておかねばならぬ」

「縄など、持ち合わせてはおりません」

商人は四つん這《ば》いの格好で近づいてきた。

「あなた様は……、本当に、街道筋の親分さんのお身内なので……？」

「まぁ、そんなような者だ」

今は南町の八巻の手下《てか》を務めているのであるが、そんなことを口にしたら、面倒なことになりそうな気がしたので、黙っていることにした。

商人は深々とため息をついた。

「ああ、助かりました。一時はどうなることかと……なんと御礼を申し上げればよいものやら」

「礼などいらぬ。それよりも使いを頼む。この山道を三町ばかり戻ると猟師小屋がある。そこにいる猟師に子細《しさい》を告げて、縄を借りてくるのだ。わしはこやつらが息を吹き返さぬかどうかを見張っておる」

「へ、へい。かしこまりました」

商人は言われたとおりに走って、すぐに猟師の老人を連れてきた。

弥五郎は悪党三人を数珠《じゅず》つなぎにすると、麓《ふもと》の宿場町まで引っ張って行った。

三

カンカンカン、カンカンカン、と、火の見櫓《やぐら》の半鐘《はんしょう》が連打された。自身番の小屋に据えつけられた火の見梯子《ばしご》で、番太郎《ばんたろう》が撞木《しゅもく》を振るっていた。

建ち並んだ江戸の町家の屋根の向こうに、盛大な白煙が立ち上っている。南町奉行所の筆頭同心、村田銕三郎《むらたてつさぶろう》は、鬼の形相《ぎょうそう》で駆けつけてきた。

「火事はどこでぃッ」

梯子の上に向かって怒鳴る。番太郎は隣町を指差した。

「火の手は、遠州屋《えんしゅうや》さんの敷地から上がってまさぁ！」

「よしっ」

村田は隣町を目指して駆けた。自分の小者《こもの》（俗に言う岡っ引き）はもちろんのこと、町奉行所の小者たちまで引き連れてきた。

町人たちが群れをなして逃げてくる。

「ええいっ、どけっ、どけっ」

村田は町人たちを叱りつけた。岡っ引きや小者たちも腕を広げて追いやろうとする。

「火消の衆が駆けて来るッ。道を塞ぐんじゃねえぞ。野次馬は帰れッ」

火事場での交通整理は町方同心の仕事のひとつだ。岡っ引きたちが声を枯らして空けた道を通って、纏《まとい》を先頭に立てて龍吐水《りゅうどすい》や玄蕃桶《げんばおけ》を担いだ火消の一団が到着した。

赤い袖印《そでじるし》をつけた頭分《かしらぶん》に向かって、村田が叫んだ。

「火元は遠州屋だッ」

「合点承知！」

火消たちは角を曲がって火元に向かう。遠くの町からも応援の火消が駆けつけてくる。もちろん野次馬も大勢だ。村田たちは道の整理で大忙しであった。

そこへ、武士の一群が押し出してきた。

「ええいっ町人どもめ、退《の》けッ、退けィ」

大声で叱咤《しった》しながら突進してきたのだ。

「大名火消まで来やがった」

村田は露骨に苦々しげな顔をした。

大名とその家中が将軍に命じられて江戸の消防を担当する。それが大名火消だ。町人たちによって編成された町火消とは伝統的に仲が悪い。火消の手柄を取り合って、火事そっちのけで喧嘩《けんか》を始めることも多々あった。

これを上手に捌《さば》くのも、町奉行所の役人たちの務め、あるいは腕の見せ所であった。

「お役目ご苦労に存ずる！　手前は南町奉行所同心、村田銕三郎！」

村田は大声を張り上げながら大名火消に駆け寄っていった。

火事は意外にもすぐに収まった。応援に来た町火消たちは、

「なんでぇ、張り合いがねぇ」

「湿気《しけ》た火事だぜ」

などと口にして、つまらなそうな顔つきで去って行った。

まるで大火事になったほうが良かったかのような口ぶりだが、男たちの気持ちは、わからぬでもない。

「確かに、あの盛大な白煙を見た時には、俺も、こいつぁ大火になると思ったもんだが」

村田銕三郎にも、いまひとつ納得しがたい火事だった。

火事場は遠州屋の裏手であった。周囲の建物は延焼防止のために破壊されて、運び出されている。更地《さらち》となった真ん中にポツンと蔵だけが残されていた。

蔵の前には町火消の頭と、大名火消の武士たちが数人ばかり立っていた。火事場検《あらた》めである。村田も立ち会わねばならない。

歩み寄ろうとして、村田は一瞬、ギョッとなった。大名火消の臥煙《がえん》の中に、飛び抜けて巨大な男がいたからだ。

(大名お抱えの相撲取りか)

力仕事ならお手の物だということで、相撲取りが火消に駆り出されたのであろう。他の者たちの頭は胸乳《むなぢ》のあたりまでしか届かない。とんでもない大男であった。

瓦礫《がれき》を踏んで村田が歩んでいくと、町火消の頭は丁寧に頭を下げて寄越《よこ》した。

一方、大名火消のほうは、木で鼻をくくったような態度であった。

「は組の頭、伝次郎《でんじろう》にございます」

まずは頭が挨拶《あいさつ》を寄越す。村田はそれに頷き返してから、大名火消の侍たちに向かって、

「御出役《ごしゆつやく》、ご苦労さまにございました」

と挨拶した。

陣笠を被《かぶ》り、豚革の火事場羽織りを着けた武士が、

「田中伊予守《たなかいよのかみ》家中、三浦伊賀《みうらいが》」

と名乗った。名乗りから察するに、江戸家老の身分であろうか。

三浦伊賀も、この火事には不審を感じているらしい。

「町奉行所から労《ねぎら》いを受けるほどの働きはしておらぬ。なにやら妙な出火であったな」

蔵に目を向けながらそう言った。

「蔵の中が火元とは珍しい。いったい、何をしまってあったのであろうな」

伝次郎が「へい」と畏《かしこ》まって答える。

「あっしも、そこが不審でございやす。蔵ってもんは、余所《よそ》からの火が移らねえように建てるもんで、蔵から火が出るなんて話は聞いたことがございやせん」

蔵の屋根は激しく燃えて、梁《はり》が焼け落ちていた。白い壁と扉だけが焼けずに残っている。

三浦伊賀は、蔵の様子を確かめている。

「そろそろ入っても良かろう。扉を開けよ」

「へいっ」

蔵の扉には鍵がかかっていた。熱で歪《ゆが》んだようだ。扉は開かない。伝次郎が掛矢《かけや》（家屋破壊用の木槌《きづち》）をふるって力任せに壊した。

鍵は壊れたが、歪んだ扉は開かなかった。伝次郎が苦労していると、三浦伊賀は後ろを向いて、

「お前が代わりにやってみろ」

控えていた大男に命じた。

「へい」

大男が前に踏み出る。それだけで地響きがしそうだ。大男は扉の隙間に両手を掛けた。「フンッ」と息張ると、肩の筋肉が大きく盛り上がった。

馬鹿力で扉をこじ開ける。蝶番《ちょうつがい》が軋《きし》んで、人の通り抜けができるだけの隙間ができた。

「よし、それでよい」

三浦伊賀が先頭を切って蔵に踏み込んだ。伝次郎と村田も続いた。

「どうやら、ここが火元のようですぜ」

伝次郎が目敏《めざと》く見つけて指差した。蔵の内部の壁が激しく煤《すす》けていた。

村田はその壁に触れてみた。指先に黒い煤がたっぷりとついた。

「炭でも積んであったのかな。ずいぶんと燃えていやがるな」

見上げれば、屋根はすっかり焼け落ちて、夜空がぽっかりと見えている。

「あっしもここには炭が積んであったと見やしたぜ」

伝次郎も同意する。蔵の中の可燃物質に火がついたのだろう。

「よほどたくさんの炭が置いてあったのに違《ちげ》ぇねぇですぜ」

「ああ。あれだけ煙があがってたんだからな」

蔵は一気に燃え上がって屋根まで焼けた。しかし蔵の壁に遮《さえぎ》られて、余所には火が移らなかった。

「蔵の中だけが火事って話も珍しいが、お陰で江戸の町は大火にならずにすみやした」

村田は暗い表情だ。

「だけど失火には違ぇねぇ。火元は重罪だ」

江戸の町は火に弱い。火事の火元は厳罰に処された。放火なら火あぶり、失火でも死罪や遠島刑となる。

大名火消の三浦伊賀は、もう、関心をなくした様子だ。商人の失火と判明すれば、大名の出る幕はない。

「左様《さよう》ならば、後事《こうじ》は町奉行所に任せる」

出て行く三浦を、村田と伝次郎が見送った。

入れ代わりに町奉行所の小者が遠州屋の主に縄を掛けて引っ張ってきた。女房らしい女が泣きわめいている。

伝次郎は（まったくやりきれない）という顔をしたが、口に出すことはなかった。お上の法度を誹謗《ひぼう》することはできないからだ。

村田は蔵を出て、遠州屋の主の前に立った。

「詮議《せんぎ》は大番屋でするぜ」

「ご面倒をお掛けいたしまする」

主は観念しきった顔つきで、深々と低頭した。


ところが、この奇妙な火事は、これが最後ではなかったのである。毎夜のように半鐘が鳴らされて蔵が焼ける。奇怪に連続する火事に、江戸の町人と町奉行所は散々悩まされることとなった。

四

「ああ、久しぶりのお江戸は、じつにいいものですねえ」

卯之吉が市中をそぞろ歩いている。

お供の銀八は、

「若旦那が市中の見回りをするなんて、珍しいことがあるもんでげす」

卯之吉の背中を見ながら呟《つぶや》いた。

町人の暮らしを見て回るのは同心の務めである。しかし卯之吉には同心の自覚はまったくない。市中の巡回などは滅多《めった》にしない。「足が疲れるから嫌だ」とはっきり言い切るぐらいである。

そもそも同心が市中を足繁《あししげ》く巡回するのは、町人から賂《まいない》をせびったり、ちょっとした悪事を見逃したり解決したりすることで、小銭にありつくためである。卯之吉は金にはまったく困っていないので、他の同心たちのようにせせこましく見廻りをしなければならない理由はないのであった。

もちろん、まったく出歩かないわけではない。卯之吉は野次馬根性の持ち主だし、物見遊山《ものみゆさん》も大好きだ。

今日の卯之吉は町人の姿をとっている。隠密廻同心だから、ではない。重い刀を腰に差して歩くのは嫌だという理由だった。

卯之吉は、馴染《なじ》みの見世を覗《のぞ》いていく。骨董屋で壺や掛け軸を見せてもらったり、書肆《しょし》で本を眺めたり、薬種問屋で石の塊《かたまり》（にしか見えない物を）手に取って臭いを嗅《か》いだりした。

銀八はお供をしているけれども、卯之吉が何を買い求めているのか、さっぱりわからない。もしかすると卯之吉自身もわかっていないのかもしれない。

そんなふうにして、あてもなく歩き回る。卯之吉は極めて怠惰な男であるくせに、自分が興味を惹《ひ》かれたことならば、一日中でも熱狂していられる。今日は久しぶりの江戸に夢中なのだ。まだまだ八丁堀の役宅には帰りそうになかった。

「おや。あの騒動はなんだろう」

日本橋通りの南一丁目に入ったところで、卯之吉が足を止めて、通りの先に目を向けた。

「なんでげしょうね」

銀八も伸び上がって様子を見る。ついつい滑稽な姿をとってしまうのが幇間《ほうかん》の性《さが》だ。

一軒の商家の店先に、大勢の人だかりがしている。町人たちが集まって、やいのやいのと言いあっている。喧嘩ではないようだ。剣呑《けんのん》な様子は伝わってこない。

「行ってみよう」

卯之吉は持前の野次馬根性をそそられたのか、早足で歩み寄っていく。

「待っておくんなさいよ、若旦那」

銀八も後を追った。

「十三個！　十三個だよ！」

「こちらのご浪人様は十五個目だ！　おっとォ？　なんと一口で平らげたよ！

続いて十六個目に手をお出しだ！」

人垣の中で誰かが大声を張り上げている。

「見せ物をやっているみたいでげすな」

「そうらしいね」

「目の前に立っている御方が大きすぎて、何も見えないでげすよ」

二人の前には大岩のように巨大な背中がドンとあった。

銀八は、チョイチョイとつついた。

「もうし、あっしらにも中で何をやっているのか見せてやっておくんなさい。ちょいと身をずらしていただけねぇでげすか」

「ん？」

と言って、大きな顔が振り向いた。それを見るなり銀八は「ギャッ」と叫んで腰を抜かした。

卯之吉は微笑《ほほえ》んだ。

「おや、あなた様は団子山《だんごやま》関」

「そういうそちらさんは放蕩者の若旦那じゃねぇですか。……あっしは団子山じやなくて餡子山ですがね」

「まぁ、どっちでもいいさ」

「どっちでも良かぁねぇです」

「中で何をやっているのかねぇ？　ずいぶんと楽しそうだ」

集まった人々はしきりに歓声をあげている。

ところが餡子山は、口惜しげな顔をした。

「饅頭《まんじゆう》の大食い競争でさぁね」

「ほう。それは見物《みもの》だ」

卯之吉がピョンピョンと跳ねているので、餡子山は、

「あっしの肩をお使いなせぇ」

そう言って、なんと、卯之吉を肩車した。いくら細身とはいえ卯之吉も大の大人だ。易々《やすやす》と担ぎ上げる餡子山の怪力は只事《ただごと》ではない。

「いやあ、実に見晴らしがいいよ」

卯之吉は大喜びだ。

（ちょっと若旦那！　若旦那には同心様としてのご体面というものが……。こんな餓鬼《がき》みてぇなことをしている姿を町人の目に晒《さら》してはならねぇでげす！）

銀八は心の中で叫んだけれども、口に出すことはできない。それにである。卯之吉に言って聞かせたところで聞き分けるとも思えない。

大食い競争はまさに佳境であった。店の前に縁台を二つ据えて、それぞれに一人ずつ男が座っている。一人は大工の法被《はっぴ》を着けた男で、もう一人は太った浪人だ。二人の傍らには娘たちがいて、饅頭をいくつも載せた盆を掲げ持っている。男たちは口に入れた饅頭を飲みこむなり、次の饅頭に手を伸ばし、遮二無二《しゃにむに》、口の中に押し込んでいった。

「さぁ、どっちも頑張れ！　どっちもどっちも！」

行事役なのだろう、烏帽子《えぼし》をかぶった男が軍配を片手にして煽《あお》っている。良く見れば烏帽子も軍配も、紙でこしらえた作り物だ。

男二人が目を白黒とさせ、脂汗《あぶらあせ》を流しながらひたすらに饅頭を頰張っている。そんなものを見て大喜びするのが江戸っ子だ。集まったヤジ馬たちは「やんややんや」の大歓声である。もちろん酔狂ぶりでは江戸随一《ずいいち》の卯之吉も、肩車の上で両手を叩いて囃《はや》し立てた。

そのうちに、職人ふうの男がうめき声を上げてひっくり返った。それを見届けた行事がサッと軍配を浪人に向けた。

「西方《にしがた》の勝ち～！」

ヤジ馬たちは拍手喝采《かっさい》した。しかし浪人者も、歓声に応えるどころではない。胃から逆流してくる饅頭をこらえているのか、喉を激しく震わせていた。

「ちっ、だらしがねぇな。たった、あれっぱかしの饅頭を食ったぐれぇでよ。まったく見られたもんじゃねぇぜ」

卯之吉の股の間で餡子山が毒づいた。

卯之吉は餡子山の頭を抱えつつ、その顔を真上から覗きこんだ。

「自信がおありですかね」

「あたぼうよ。大酒飲み競争じゃあ、杯ひとつを舐《な》めただけでブッ倒れちまう俺だが、甘い物を食うのなら江戸一番だぜ」

「そんなに自信がおありなら、どうして競争に加わらないのですかね。名乗りを上げたらよろしいでしょうに」

行事役が笑顔を野次馬たちに向けている。

「ただ今の第一番は、三十二個でございます！　これに挑む御方はいらっしゃいませんか！」

卯之吉は「ふむふむ」と頷いた。

「餡子山関なら、三日三晩食べ続けて、千個は平らげそうですねぇ」

「そうはいかねぇ。あの線香が燃え尽きるまでの勝負なんだ」

店の前には香炉が置かれてあった。

「なるほどなるほど。で？　なんだって名乗りを上げないんですかね」

「そりゃあ……」

餡子山の声音が急に情けなくなった。

「銭の持ち合わせがねぇからだよ」

「銭？　大食い競争に出るのに銭がかかるんですかね」

「ああそうさ。饅頭だって安くはねぇからな」

勝てば褒賞がもらえるが、負けると饅頭代を請求されるらしい。

「一月後《ひとつき》に両国《りょうごく》の回向院《えこういん》で、江戸中の大食い自慢を集めた本戦があるんだ。今やってるのは本戦に出場する奴を決めるための戦いなんだよ。本戦で勝ち抜けば、褒賞がもらえるんだがなぁ」

卯之吉は「よしっ」と叫んだ。

「銭はあたしが出そう」

そう言うと、餡子山の上で手を振って大声を張り上げた。

「あいあい〜！　出るよ〜！」

野次馬と行事が一斉に卯之吉に目を向ける。

野次馬たちが、

「あの若旦那が出るんだってよ」

「ヒョロッとしていなさるが、痩せの大食いってやつかねぇ？」

などと言い合っている。

行事も卯之吉に確かめる。

「旦那がお出になるのですかね」

卯之吉は笑顔で首を横に振った。

「あたしは金主《きんしゅ》だよ。出るのはあたしの下にいらっしゃる、こちらのお人さ」

「はぁ、なるほど」

ヤジ馬たちも納得した顔つきだ。

「通しておくんなさいよ」

卯之吉が餡子山の上で手を振る。野次馬たちが道を空けた。餡子山が卯之吉をのせたままノッシノッシと前に出た。その体軀《たいく》の雄偉《ゆうい》さに、皆、驚いてどよめいた。

行事が卯之吉を見上げる。

「旦那さんが、担保《たんぽ》の銭をお出しくださるんですね。銭緡《ぜにさし》ひとつですよ」

銭緡は百文（実際には九十六文だが百文として扱われる）。饅頭一個の値段は四銭か八銭（四文波銭の一枚か二枚）が相場であった。そう考えれば銭緡ひとつはずいぶん安い。とはいえ、一人前の大工や職人が一日働いて得る賃金が百文から二百文だから、庶民にとっては大金だ。

卯之吉は心の底から楽しそうな笑顔となった。

「はいはい。お安い御用です。皆さんの中にも、お足がなくて出場できないお人がいらっしゃったら、あたしが担保を持ちますよ」

皆を見回してそう言った。

卯之吉の格好は、極上の椿 油《つばきあぶら》で固めた髷《まげ》から、底に牛革を張った雪駄《せった》まで、残らず金がかかっている。一目でお大尽《だいじん》様だとわかる。

江戸の粋人《すいじん》はお祭騒ぎに銭をかけることを惜しまない。花火一発に十両の金を出して、笑っていられるのが真の放蕩者だ。

皆、卯之吉の性根を一目で見抜いた。

「旦那が金主になってくれるって言うなら、俺もやるぜ！」

「おうよ、俺だって負けちゃいられねえ」

負けても金を払わずにすむ、金はお大尽様が払ってくれるというのなら、こんなに嬉しいことはない。饅頭のタダ食いだ。

我も我もと押しかけてきて、行事役の男は大慌てだ。

「これじゃあ饅頭が足りません！」

卯之吉は笑顔で答える。

「それなら江戸中の饅頭を買い占めましょう！　買い集めてきてください！」

袂《たもと》から巾着《きんちゃく》を取り出して、行事役にポンと投げた。

受け取った行事役は巾着の口を開き、手を突っ込んで仰天した。

「こ、こんな大金……！」

行事役が摑み取ったのは、何枚もの小判だ。

卯之吉は、絶句した行事役を見て、何かの勘違いをしたらしい。銀八に顔を向けると、

「足りないらしいよ。家から金を取ってきておくれ」

と命じた。

卯之吉を肩に担いだ餡子山の顔色まで変わり始める。

「こんな大器《たいき》者を見たのは初めてだぜ……」

よく肥えた胴回りの肉を震わせた。餡子山にとっても行事役にとっても、卯之吉の気前の良さは、妖怪染《じ》みていて、不気味に感じられたのであった。

五

深夜。月が御殿山《ごてんやま》の上にかかっている。

江戸の南には西国の大名たちの上《かみ》屋敷がいくつもあった。

東海道は日本橋の起点から、いったん南下して、相模国《さがみのくに》に入ってから西に折れる。西国の大名たちは、江戸城の南方に屋敷があると参勤交代の便がよい。

「薄気味が悪いくらいに静かだべな」

銀公が四方の闇に目を向けて、声を震わせた。

竹次郎と銀公は御殿山の麓の大名屋敷街を秘かに進んでいた。大名屋敷は広大な敷地をもつわりには、住んでいる人間の数が少ない。人口密度が低いのだ。当然に人気《ひとけ》の乏しい場所となる。遠くで吠える犬の声だけが夜空に響いていた。

「竹ちゃん、オラぁなんだかおっかねぇよ」

銀公は大きな身体でへっぴり腰になって震えている。

竹次郎は大名屋敷の塀《へい》の陰に身をひそめている。

「手前ぇの生まれた村は、もっともっと寂しかったんじゃねぇのかい」

銀公の臆病ぶりに呆《あき》れて茶化した。銀公は真面目な顔で首を横に振った。

「こっちのほうがよっぽど寂しくて静かだ。それにオイラは、江戸の騒々しい暮らしに慣れちまったからな」

「へっ。『すっかり垢抜《あかぬ》けた』って、言いてぇのかい」

竹次郎は築地塀《ついじべい》の上に目を向けた。大名屋敷の大きな屋根が、塀の向こうに聳《そび》え立っていた。

「人気がねぇのは、もっけの幸いさ。それだけこっちの仕事が捗《はかど》るってもんだ」

江戸の町人地は人の数が多い。夜中でも出歩いている者がいる。盗みに入って騒ぎとなれば、駆けつけてくる者の数も多いのだ。

その点、大名屋敷は都合が良かった。屋敷内を巡回している宿直《とのい》の侍の目さえ誤魔化《ごまか》せば良い。

見つかって騒ぎになったとしても、近隣の大名家の家臣たちは、他家の騒動には関わらないことを鉄則としている。

（こんな簡単な仕事は他にねぇぜ）

不敵に笑った竹次郎は、皮肉げな目を銀公に向けた。

銀公は怯《おび》えきっている。暗くて良くわからないけれども、きっと顔色は真っ青で、冷や汗を満面に滴らせているのに違いなかった。

「よし、この屋敷に忍び込むとしようぜ」

親指を屋根に向けるが、銀公からは満足な返事もない。

「塀を乗り越えるぞ。足場を頼む」

「お、おう……」

銀公は、大柄な身体を屈《かが》めて自ら足場となった。竹次郎はその肩に遠慮なく足をのせて、

「よっ、と」

身軽に塀の上によじのぼった。船に乗っていた頃には、帆の上げ下ろしなどの作業をさせられた。身の軽さはその頃に鍛えたものであった。

塀の上に立って、屋敷の中に目を向けた。広い庭が広がっている。身を隠すのにうってつけの庭木や築山《つきやま》が目についた。巡回の侍の姿はない。

竹次郎は塀の上に屈んで腕を下に伸ばした。

「摑まれ。引っ張りあげてやるからよ」

銀公は首を横に振った。竹次郎は舌打ちした。

「侍《さむれ》ぇの姿は見えねぇ。大《で》ぇ丈夫《じょうぶ》だよ」

そう励ましても、銀公は首を横に振るばかり。

（ちぇっ、心底から臆しちまってる）

仕方がないので、竹次郎は一人で乗り込むことにした。

「そこで待ってろよ」

竹次郎は塀から庭に飛び下りた。

（どっちにしろ、初めは一人でやろうと思ってたんだ）

予定していた一人働きに戻っただけの話である。竹次郎は落胆もしなければ、不安も感じなかった。足音を忍ばせながら鼠《ねずみ》のような小走りで、大名屋敷の御殿に向かった。

耳を澄ませてみるが、人の立ち騒ぐ気配もない。宴会などは催されていない様子だ。

（金目《かねめ》の物は、どこにしまってあるのかな）

やはり蔵であろうか。大名も網元も回船問屋も、考えることには、そう違いはないはずだから、きっと蔵の中にあるのだろう。

（蔵を破るのは難しいな。手文庫や財布の銭をくすねるだけで我慢しておくか）

となれば、目指すのは大名本人や、奥方様や、重臣たちの寝所だ。大事な金は枕許に置いてあることだろう。竹次郎は、若い者ならではの大胆不敵さを発揮して、ズンズンと庭を進んでいった。

ひときわ大きな建物が目についた。竹次郎は雨戸に身を寄せて聞き耳を立てた。

やはり、なんの物音もしない。

（よし、やってやるぞ）

竹次郎は身を屈めたまま進んで、雨戸のない障子戸を見つけた。

（ここから中に入ることができそうだな）

宿直の者たちが建物を巡回して歩くので、御殿に出入りするための扉には鍵をかけない。大名屋敷は——宿直の者が守っているという安心感からか——戸締りが悪いという話を、年老いた盗っ人から聞いたことがあった。

竹次郎は障子戸に忍び寄った。そっと手を添えると、滑るように障子が開いた。

（さすがはお大名様のお屋敷だ。貧乏長屋のガタピシ障子とは造りが違うぜ）

感心しながら障子を開けて屋敷の内部に忍び込み、元通りに閉めた。

屋内は戸外よりも深い闇に包まれていた。竹次郎は身を屈めてしばらくは身動きをせずに、様子を窺《うかが》った。

用心深いからではない。緊張して身が竦《すく》んでいたのだ。

広くて長い廊下が真っ直ぐに延びている。廊下と座敷を隔《へだ》てる襖《ふすま》には金箔《きんぱく》が張られているのであろう。闇の中でも光って見える。何かの絵が描かれているようだが、それは暗すぎてわからない。

激しく緊張していた竹次郎であったが、次第に落ち着きを取り戻した。

（ともかく、廊下にいたって始まらねえや）

廊下には金目の物など落ちてはいない。竹次郎は襖に手を伸ばして開けてみた。

そこは広間であろうか、ますます暗い闇が広がっていた。

（いったい、どうやって探ればいいんだろう）

手さぐりであちこち荒らしまくれば、大きな音を立ててしまう。竹次郎は思案に困った。

老巧の盗っ人たちから、もっと話を聞いておけば良かった。もっとも彼らは自分の得意とする手口は決して他人には漏らさない。

それならば彼らの手下について、盗っ人修業に励んだうえで、大名屋敷に挑めば良かった。いきなりの大名屋敷は自分の手に余る——などと弱気な考えが頭を過《よぎ》った。

（いや、そうじゃねぇ。俺《おいら》ァ天下の大泥棒サマになるんだ。弱気なんか出すもんか）

自らを鼓舞して闇の中を進んでいく。襖を開けて、隣の座敷からそのまた隣の座敷へと進んだ。

そうやって奥へと進んで、何枚目かの襖を開けた、その時であった。

竹次郎は目を細めた。その部屋だけ煌々《こうこう》と眩《まぶ》しかったからだ。

部屋の真ん中に囲炉裏が切られている。炭の埋火《うずみび》がしてあった。その炭火の輝きが、闇に慣れた目には眩《まばゆ》く感じられたのである。

そこは茶室であった。翌朝、茶を喫する時に、すぐ湯を沸かすことのできるように、火を絶やさずにいるのだ。

（天の助けだぜ）

これだけの明るさがあれば仕事ができる。竹次郎は部屋の奥の床ノ間に歩み寄った。値打ち物らしい花瓶《かびん》に花が活けてある。この花瓶も盗んで売れば、銭になるであろうか。

（いや、俺は、小判のほうがいい）

盗品を金銭に換えるためには故買屋《こばいや》に買い取ってもらわなければならないのだが、故買屋も、町奉行所の手先の罠《わな》にはめられるのを恐れている。見ず知らずの竹次郎から盗品を買い取ることは絶対にない。

竹次郎は違い棚の上と下とに押し入れのような何かがあることに気づいた。天袋、地袋という物入れだが、そんな名称までは知らない。

竹次郎は天袋を開けた。小柄な身体で伸び上がって中を覗いた。

（あった……！）

いかにもお宝の入っていそうな漆《うるし》塗《ぬ》りの箱がしまわれていた。竹次郎はそろそろと箱を取り出すと畳の上に据えた。

（さぁて、何が入っていることやら）

紐《ひも》を解いて蓋《ふた》を開ける。すると、そこには期待していた金銀は入っておらず、なにやら文字の描かれた帳簿が納められていた。

これも大切な書き付けなのに相違あるまいが、竹次郎は満足に字が読めない。

竹次郎は天袋と地袋を残らず覗いたが、他には何もしまわれてはいなかった。

（ちぇっ、ついてねぇな）

竹次郎は腕を組んだ。

（銭の置き場所は台所か）

竹次郎は網元の屋敷を思い返した。物売りがやって来ると、台所を仕切る女中頭が戸棚から銭を出して支払っていた。

（よし、台所に行ってみよう）

その台所はどこにあるのか。わからないけれども、歩き回っていれば見つかるはずだ。竹次郎は次第に大胆になっていた。障子を開けると、外の廊下に踏み出した。

その瞬間、竹次郎の踏んだ床板が「キュウッ」と音高く鳴った。

（なッ、なんだッ？）

竹次郎は慌てて飛び退いた。ところが、退いて踏んだ別の床板も甲高《かんだか》い音を響かせたのだ。動揺した竹次郎が踏み惑うたびに、床板が「ケキョケキョ」と凄《すさ》まじい音を発した。

それは〝鶯張《うぐいすば》り〟という防犯上の仕掛けであった。大事な茶室の回りにだけ侵入者を報《しら》せる仕掛けが施してあったのである。

「誰だッ」

「曲者かッ」

ドタドタと足音が近づいてくる。宿直の侍に気づかれたのだ。

(に、逃げねえと……!)

竹次郎は焦った。焦りながらも、

(ここまで来て何も盗まずに帰ることたぁできねぇ!)

妙な意気地《いくじ》が湧《わ》いてきた。この向こうっ気の強さのせいで、いくつもの仕事をしくじってきたわけだが、性分なので直しようがない。

銀公に笑われたくはない。自慢できる何かを奪って戻らなければならない。

竹次郎は茶室に飛び込むと、あの書き付けを鷲《わし》摑みにした。懐にねじ込む。宿直の侍の足音はすぐ近くまで迫ってきた。ケキョケキョと廊下が鳴っている。

障子が開いて侍と目が合った。顔を見られたことを竹次郎は察した。

竹次郎は障子の桟を突き破り、窓から外へ飛び出した。

「曲者はお庭だ!」

「出合えー! 出合えー!」

宿直の武士たちが絶叫している。竹次郎は逃げた。屋敷中の至る所から人が出てくる気配があった。大勢の家臣たちが大名屋敷で暮らしているのだ。重臣たちの屋敷もあれば、足軽たちの長屋もある。

どこへ逃げても侍たちの足音が迫ってくる。もちろん背後からも追ってくる。竹次郎は敷地の中を逃げ惑った。

渡り廊下の向こうから侍たちがやって来る。追い詰められた竹次郎は、咄嗟《とっさ》に、渡り廊下の縁の下に潜り込んだ。

頭上を凄まじい足音を立てて誰かが通り抜けた。

「曲者はいずこかッ」

その誰かが叫んだ。激怒の程が伝わってくる。こんな男と鉢合わせをしていたら、即座に斬り殺されたに違いない。

廊下の反対側からやって来た別の男が、その場に跪《ひざまず》く気配がした。

「未《いま》だ、見つかりませぬ」

「痴《し》れ者《もの》めッ。よりにもよって我が屋敷に押し入った曲者を、許してなどおけぬッ。きっと成敗いたせ！」

「ハハッ」

「待てッ、その曲者、なんの企《たくら》みがあって、我が屋敷に忍んでまいったのか。いったい何を盗んで行きおったのか」

家来らしい男は、言いよどんでから、恐る恐る答えた。

「茶室の手文庫の中身を、盗んでいったものと思われまする」

「なんじゃと！　明日の茶会に備えて用意させたあった、あの帳簿か！」

「面目《めんぼく》次第もございませぬ」

「ええいっ、早く捕まえろ！　帳簿を取り戻すのじゃッ」

「ハハーッ」

二人は、それぞれに分かれて走り去った。

竹次郎は懐を撫《な》でた。

（この帳簿、よっぽど大事な物らしいな……）

そうとなれば、銭に換えようもある。

とはいうものの、それは屋敷から無事に脱出できてこその話だ。

竹次郎は縁の下から這い出した。屋敷の中を走り回る侍は、ますます数を増やしている。

塀を乗り越えて逃げたいのだが、塀に飛びついてジタバタしているうちに見つかって、尻《しり》を槍で突かれてしまうに違いなかった。

ともあれ身を低くさせて走った。屋敷からはできるだけ遠ざかっておきたい。

などと思案していたその時であった。

「おおーい。お侍さまぁ。曲者だべぇ。曲者が、お屋敷から飛び出してきて、あっちさ、逃げたぞぉ！」

屋敷の外から、間の抜けた大声が聞こえてきた。

(銀公だ)

竹次郎の脱出を助けるため、侍たちを誘《おび》き寄せようという魂胆《こんたん》らしい。

「曲者は外へ逃れたぞ！」

「御門を開けよ！」

侍たちも焦り、動揺している。銀公の単純極まる策にまんまと引っかかってしまった。足音が庭から遠ざかっていった。

(恩に着るぜ、銀公)

竹次郎は塀に飛びつくと、どうにかこうにか、乗り越えた。

第三章　品川騒動

一

「それ～っ、飲めや歌え～」

卯之吉が金扇《きんせん》を振り回しながら座敷の真ん中で踊っている。遊女や芸人たちを大勢集めての乱痴気《らんちき》騒ぎだ。

「まったく、毎晩毎晩、疲れ知らずによく遊べるもんだなぁ」

相伴に与《あずか》る朔太郎は、いい加減、呆《あき》れ顔だ。

久しぶりに江戸に戻ってきたのだから──と、卯之吉は、連日連夜、馴染《なじ》みの店を飲んで回った。千住宿に始まって、官許遊里の吉原、深川の富岡八幡の門前町、そして品川宿《しながわしゅく》にまで足を伸ばしたのである。

「これぐらい熱心に江戸市中を回ってくれたなら、さぞや立派な同心サマになるんだろうけどなぁ」

卯之吉が興味を示すのは遊里だけなのだから仕方がない。

横では源之丞が大盃を傾けている。

「そういうお前《め》ぇさんも、品川くんだりまでついてくるんだから、たいした遊び人だよ」

「馬鹿ァ抜かせ」

朔太郎は豊頬《ほうきよう》を不満そうに膨らませた。

「オイラぁお目付役だよ。野郎が満徳寺さんで見聞きしたことをペチャクチャ吹《ふい》聴《ちよう》しやしねぇかと心配でついてまわってるんだ」

徳川家御位牌《いはい》所は聖地である。面白おかしい下世話に潤色《じゆんしよく》されて広められては困る。そう考えて卯之吉の遊びについてまわっているのだ——と、朔太郎は主張した。

源之丞は「フン」と鼻先で笑った。

「卯之さんはああ見えて口は固《かて》ぇよ。遊びで見聞きしたことは、その場でスッパリと忘れて、余所《よそ》では口にしねぇ。それが粋人《すいじん》ってやつだ」

そう言ってから、朔太郎を見てニヤニヤと笑った。

「そのつまらねぇ心配性。あんたもやっぱり、お上《かみ》の役人サマだねぇ」

「なんとでも言え」

朔太郎はプイッと横を向いた。

その時であった。窓の下の街道から、なにやら喧騒《けんそう》が聞こえてきた。

最初に気づいたのは例によって卯之吉であった。ふと、踊りの手を止めると、

「なんだろう。みんなちょっと静かに」

鳴り物をやめさせて窓に寄り、下を覗《のぞ》いた。

「若旦那、危ねぇでげすよ。そんなに身を乗り出したりしたら、落っこちるでげす」

銀八が卯之吉の帯を摑《つか》む。卯之吉はそれでもなお身を乗り出そうとする。

「なんだろうね。喧嘩《けんか》かね」

「なんだなんだ」

源之丞までやってきた。

武士が三人ばかり、血相を変えて走って来る。

「あれは薩摩の芋侍《いもざむらい》だ。屁《へ》の臭いでわかるぞ」

これは源之丞の戯《ざ》れ言《ごと》だ。

薩摩藩士は米ではなく唐芋《からいも》を主食にしている――などと言われている。薩摩国は火山灰土で稲がよく育たない。そこで救荒作物の唐芋の苗を琉球から取り寄せて大規模に栽培している。唐芋は飢饉《ききん》対策として本州各地でも栽培され、薩摩の芋、サツマイモと呼ばれていた。

江戸の上屋敷に詰めている武士たちがサツマイモを主食にしているとは思いがたい。江戸では芋より米のほうがたやすく手に入る。

源之丞は、武士たちの身形《みなり》や、髪の結い方、刀の拵《こしら》えなどから、薩摩者だと看破したのである。着物の生地や仕立てには、それぞれのお国柄が出るのだ。

「卯之さんよ、何があったのだろうな」

「下りてみましょうかねぇ」

「そうしよう」

野次馬根性の旺盛な源之丞と卯之吉は、一階へ下りる階段へ向かおうとした。

朔太郎と銀八が止めた。

「おい、やめとけ。喧嘩騒動に巻き込まれてもつまらんぞ」

「そうでげす。剣呑《けんのん》でげすよ」

しかし源之丞と卯之吉は聞いていない。押しとどめる手を振りきって、ドタバタと駆け下りていった。

卯之吉は雪駄《せった》をつっかけるのももどかしく、表通りに出た。

品川宿の真ん中には東海道が延びている。夜とはいえども品川は遊里だ。見世《みせ》から漏れる明かりや常夜灯のおかげで十分に明るい。

侍の一団が、腰の刀に反《そ》りを打たせて走ってくる。今にも抜刀しそうな形相だ。遊客は慌てて見世の中や路地に飛び込み、宿場の女も悲鳴を上げて逃げ惑った。

源之丞は、顔をしかめた。

「なんの騒ぎだ。皆、迷惑しておるではないか。宿場役人や俠客《きょうかく》どもは何をしておる」

宿場の騒動を鎮めるのは、宿場を縄張りとする俠客たちだ。

銀八が街道の先を指差した。

「噂をすればなんとやら。恵比寿《えびす》一家の富次郎《とみじろう》親分でげすよ」

厳《いか》めしい顔の俠客が、子分たちを大勢引き連れてやって来た。

子分たちの着る看板（襟などに名が入れられた法被《はっぴ》）には〝恵比寿〟と白抜きがされていた。富次郎は〝恵比寿ノ富次郎〟と二つ名で呼ばれている。

この恵比寿とは水死体のことである。何度も海で溺《おぼ》れ死ぬような目に遭《あ》いながらも生き延びてきた。それがゆえに一目《いちもく》も二目も置かれているのが富次郎という男であった。

そんな恐ろしい男に向かって卯之吉は、じつに朗《ほが》らかに声を掛けた。

「恵比寿の親分さん。怖い顔をなさって、どうしなすったえ」

富次郎はギロリと凄《すさ》まじい眼光を向けてきた。五十ばかりの年格好。顔は赤鬼のお面にそっくりだ。

卯之吉だと気づくと、鬼の表情を少しだけ和らげた。

「三国屋さんの若旦那さんでしたかえ」

卯之吉はこの品川宿でも盛大に祝儀を弾んでいる。遊里を仕切る侠客も、上客に向かって悪い顔はしない。

「せっかくのお楽しみを騒がせちまって、面目《めんぼく》ねぇ話でさぁ」

まったく申し訳ないと思っていなさそうな、殺気走った顔でそう言った。これは地顔であって、悪意はない。

卯之吉もヘラヘラと気合いの抜け切った笑顔で返す。

「なんの騒動ですかね。物々しいね」

宿場の端には木戸がある。その木戸を恵比寿一家の若い者たちが封鎖しようとしている。宿場役人も立ち会っている様子であった。

宿場の木戸には柱が立っているが、門扉《もんぴ》はない。封鎖には荷車などが使われる。道の真ん中で横に停めて、縄で縛って、人や馬が通れないようにするのだ。

富次郎は苦々しげな顔をした。

「お大名のお屋敷に忍び込んだ盗《ぬす》っ人《と》野郎が、ご家中に追われて、品川宿に逃げ込んだらしいんでさぁ」

源之丞が横で「ふむ」と頷《うなず》いた。

「島津の家来どもは、そういう子細《しさい》があって、走り回っておったのか」

「は……」

富次郎は苦しげにしらを切る。

「はて？　島津様と言われましても、あっしにはなんのことやらわかりやせんね」

大名屋敷とは言ったけれども、島津家の屋敷だとは言っていない。島津家の体面を慮ってのことらしい。

「お侍様も、滅多《めった》なことは口にしねぇほうがいいですぜ」

ところが源之丞は（島津家の体面などどうでもいい）という顔つきだ。

島津家の上屋敷は、江戸城よりも品川宿に近い距離に立地している。参勤交代で江戸に出てくる侍たちは遊里の上客だ。そもそも江戸に吉原などの遊里が作られたのは、単身赴任で江戸に出てくる武士たちによる性犯罪から、江戸の女たちを守るため、であった。

ともあれ品川宿の者たちは、近隣の大名屋敷を敵に回すことはできない。

「盗っ人野郎め、これで袋の鼠《ねずみ》でさぁ。宿場の出口は二つ。塞がれちまったら逃げようがねぇってわけでさ。へっ、馬鹿な奴《やっ》だ」

富次郎は胸を張った。

卯之吉は首をひねっている。

「だけど困ったねえ。木戸を封じられてしまったら、あたしらも家に帰れない」

富次郎は乱杙歯《らんぐいば》を見せて笑った。

「ご心配にゃあ及びやせん。品川じゃあ、三国屋さんの若旦那の顔を知らねえ野郎はおりやせん。一声掛けてくれりゃあ、若い者は木戸を通しやすぜ」

「そうかい。それじゃあ、一安心して、もう少し遊んでいくかね」

「そうしてやっておくんなせえ」

卯之吉は見世の中に戻った。源之丞は先に立ってノシノシと階段を上っていく。

卯之吉は銀八に囁《ささや》いた。

「あたしは手水《ちようず》に寄っていくからね。お前は先に行っておくれ」

そう言って、見世の裏手の雪隠《せっちん》に向かった。

吉原の遊廓ならば二階にも雪隠があるが、さすがに品川にはそんな豪華な設備はない。肥桶《こえおけ》に直結した板に向かって放尿する。用を足し終えて、手水鉢で手を洗っていた、その時であった。

「おや？　そこでいったい何をしていなさるんですかね」

暗がりの中に二人の男が屈《かが》んでいる。卯之吉は「ふふっ」と笑った。

「あたしも世間様からは酔狂者と呼ばれていますけどねぇ。夜中に肥桶を覗きこんで思案顔をする趣味はございませんよ。いやはや。さすがに品川はたいしたものだ。京の都に近いだけのことはありますねえ」

その二人は、雪隠の裏手で身を寄せ合って何事か思案する様子であったのだ。

二人は、卯之吉の人を食った物腰に、呆気《あつけ》にとられている様子である。

「わ、若旦那さんは、何者なんで……」

二人のうちの大柄なほうが質《ただ》してきた。卯之吉はますます笑み崩れた。

「あたしはこの見世の客ですよ。あなたたちもそうでしょう。それとも、男二人で手に手を取って足抜けですかね。あはは。可笑《おか》しい」

小柄なほうが唇を尖《とが》らせた。

「馬鹿を言え。男が二人で道行《みちゆき》なんて、洒落《しやれ》にもならねえ」

「ともあれ飲み直しましょう。あたしの座敷にどうぞ」

「えっ」と二人は声を揃えた。卯之吉は「フフフ」と笑った。

「あたしは、あなたがたのような酔狂者が大好きでしてねぇ。さぁ、ご遠慮なさらずに。どうぞどうぞ」

二人は顔を見合わせていたが、やがて、どちらからともなく頷きあって、腰を浮かせた。浮世離れした卯之吉の後ろに続いて、二階座敷へ、おそるおそる階段を上っていった。

「なんでぇ、そいつらは」

卯之吉が連れ込んだ二人連れを見て、源之丞が目を剝《む》いた。

卯之吉はいそいそと自分の席に戻りながら答えた。

「そこで道連れになった粋人のお二人ですよ。さぁ、飲み直しましょう。お姐《ねえ》さんがた、派手にやっておくんなさいな」

遊女たちが「はーい」と答えて、三味線を弾き鳴らしはじめた。

卯之吉はすぐに興に乗って立ち上がり、座敷の真ん中で扇子《せんす》を片手にクネクネと踊りだした。

「おい、源ノ字」

朔太郎が源之丞の耳元で囁いた。

「あの二人、まさか、島津が追ってる盗っ人じゃやねぇだろうな。どう思うよ」

目では二人の様子を窺っている。二人はいかにも挙動不審で、表情をこわばらせつつ、ぎこちない手つきで盃の酒をすすっていた。

「そうかもしれねえな」

源之丞は大盃を呷《あお》った。

「だが、それならそれも面白《おもしれ》えよ」

「なにがだよ」

「島津七十七万石が血眼《ちまなこ》になって追っている悪党と酒を酌み交わすなんてこたぁ、滅多にできることじゃねぇぞ」

「なにを気楽な」

「遊里じゃぁ殿様も入れ墨者もねぇのよ。お前ぇも浮世のしがらみを一時忘れて、浮かれるがいいぜ」

クイッと顎《あご》を卯之吉に向ける。

「あいつみてぇによ」

「無茶を言うなよ」

朔太郎は役人としての身分は捨てきれない。じつに渋い顔をした。

「さぁて、そろそろ帰るとしますかね。明日のお役もありますし」

卯之吉は、口先だけ殊勝な物言いをして腰を上げた。

「銀八、駕籠《かご》を呼んでおくれ」

市中を巡回するのが同心の務めだというのに、卯之吉はまったく怠惰だ。不埒《ふらち》にも駕籠に乗って八丁堀まで帰るつもりでいる。

呼ばれた駕籠が見世の前に横付けにされ、卯之吉は主や遊女の見送りを受けなから外に出た。

チラリと目を向けると、宿場の木戸はまだ封鎖されたままであった。提灯《ちょうちん》と六尺棒を手にした男たちが厳重に見張っている。

「おやおや。盗っ人は、まだ捕まらないんですかねぇ？」

卯之吉は真顔で首を傾《かし》げている。

「当たり前だろ」

朔太郎は呆れた。肩ごしにチラリと目を向ければ、島津家が追っているのであろう盗っ人二人がいる。品川の捕り方は、上客である卯之吉には遠慮をして、座敷改めに来なかったのだ。

「それじゃあ行きましょうかね」

卯之吉は駕籠の中の人となり、駕籠かきに「やっておくれ」と告げた。駕籠かき二人が棒に肩を入れて進み始めた。封鎖された木戸に向かっていく。

「やれやれ、どうなることやら」

朔太郎も一緒についていく。

役人の一人として考えれば、盗っ人二人を捕り方に突き出すべきだろう。

（だけどオイラは寺社方だぜ）

宿場に入った盗っ人の捕縛は、役儀ではない。

「そこの駕籠、止まれ」

木戸を封じた侍が、居丈高《いたけだか》に声を掛けてきた。

(島津の家中が役人の真似事かい)

宿場役人や恵比寿一家の手伝い、という名目なのであろうが、僭越《せんえつ》である。

「面相を見せよ」

島津家の侍が、提灯をヌウッと突き出してきた。

この物腰には朔太郎もムッとした。

江戸の武士たちは洗練されているが、田舎侍は無骨で手荒だ。江戸の町は町人の経済力が支えているので、武士たちも町人にはそれなりの遠慮がある。しかし田舎では武士はまだまだ偉い。国元でさんざん威張りまくっているので、田舎武士の態度はじつに尊大なのだ。

朔太郎は粋な町人に扮しているので尚更《なおさら》侮られてしまう。罪人に対するかのように六尺棒の先を向けられたのだ。

せっかく盗っ人のことを告げてやろうと思っていたのだが、朔太郎はむかっ腹を立てて、教えてやるのをやめた。

卯之吉は駕籠から身を乗り出した。

「はいはい。夜分にお勤め、ご苦労さまに存じますよ」

「なんだ貴様は」

ヘラヘラとした薄笑いを向けられて、馬鹿にされたと感じたのであろう、薩摩藩士が色をなした。

「アッ」と叫んで気づいたのは、宿場役人と恵比寿一家の者たちだ。役人が急いで侍の耳元に口を寄せた。

「このお人は札差の……大名貸しもなさっている……」

薩摩藩士も噂ぐらいは耳にしていたらしい。一瞬にして顔色が変わった。

「み、三国屋の！」

外様《とざま》大名の間で三国屋は、悪徳大名貸しとしてその名を轟《とどろ》かせている。大名貸しとは大名相手の金貸しのことだ。あくどい取り立てで殿様や家老たちを忍び泣きさせている、という忌《い》まわしい評判が立っていた。

藩士が動揺している間に、役人と恵比寿一家は急いで木戸を封鎖していた大八車をどけた。

「どうぞ、お気をつけてお帰りなさいまし」

「あいあい。また近いうちに寄らせてもらうよ」

卯之吉は駕籠から身を乗り出して、後ろの男たちを指差した。

「このお人たちはあたしの連れだから」

「心得ております」

宿場役人が答えた。

卯之吉とお供の銀八、朔太郎と源之丞、それに盗っ人二人は何事もなく木戸を抜けた。盗っ人二人の身形《みなり》だけが貧しくて、卯之吉の連れには相応《ふさわ》しくなかったけれども、武士の源之丞に仕えるお供だと勘違いされた様子であった。

駕籠は東海道を江戸に向かって行く。

「今日も楽しかったねぇ。明日は何をして遊ぼうかねぇ」

卯之吉はそんなことを言っていたが、やがて駕籠の中で静かになった。遊び疲れて眠ってしまったらしい。

(まったく、天下太平な野郎だぜ)

朔太郎は夜空を仰いで呟いた。

二

沢田彦太郎《さわだひこたろう》は気ぜわしい足取りで東海道を南に進んでいく。

まだ朝の五ツ（午前八時ごろ）を過ぎたばかりだが、江戸の町の朝は早い。大工や職人たちは既に仕事を始めている。魚屋などは一仕事を終えて朝湯に浸かっている頃合いだ。

沢田彦太郎は南町奉行所の内与力《うちよりき》である。

町奉行所の与力は町奉行所に奉職していて、身分の異動や転勤はない。一生涯を町奉行所の役人として働く。しかし内与力だけは別だ。町奉行個人の家来であり、町奉行と一緒に着任してきて、一緒に離任していく。個人秘書兼官房のような役目を負っていた。町奉行所の重職であった。

沢田は芝《しば》にある薩摩屋敷の門をくぐった。門番には話が通じていて、すぐに通してもらうことができた。

島津家の屋敷には、薩摩国から運んできたらしい蘇鉄《そてつ》がたくさん植えられていた。江戸者から見れば異国情緒の感じられる光景を横目にしながら、沢田は座敷に入った。

一人で座って待っていると、大きな足音がドカドカと近づいてきた。

(なんと行儀の悪い)

沢田は顔をしかめた。足音を立てて歩くとは何事か。お小言《こごと》を言うのが癖になっているので、つい、苛立《いらだ》たしい気分になってしまう。

ところがである。騒々しい音を立てる者は、他人に気をつかうことなく育った者に限られるのだ。つまりは大名である。

障子の向こうに影が立った。白髪を逆立てた老人が、ギロリと鋭い目を向けてきた。

(これが薩摩の老公か)

沢田はサッと平伏した。薩摩の隠居の噂は知っている。良く言えば豪胆、悪く言えば非常識な乱暴者。いわくつきの難物《なんぶつ》だ。

老人は大股の行歩《こうほ》で沢田の前を横切ると、床ノ間の前にドッカと腰を下ろした。

「南町奉行所の内与力じゃな。面《おもて》を上げよ。余が道舶である」

雷のような大音声《だいおんじょう》だ。いよいよもって沢田は胃が痛くなってきた。

「いかにも拙者が南町奉行所内与力、沢田彦太郎にございまする」

平伏しなおすより先に、道舶が怒鳴った。

「昨晩、余の屋敷に賊が入り込みおったッ」

「その話は、品川宿よりの届けで存じておりまする」

「ならばなにゆえ賊を捕まえて参らぬのだッ」

「は……」

言っていることが無茶苦茶だ。宿場町も、大名屋敷も、江戸町奉行所の管轄ではない。この老人、正気ではないのかもしれぬ、と沢田は思った。

道舶は顔面を真っ赤にさせて怒っている。

「昨今、江戸では、商家の蔵に火をつけて回る賊徒が出没しておるそうじゃな」

「いかにも、怪火が世間を騒がせておりまする」

しかし火付けと決まったわけではない。火をつける者の姿を見たという者はまだいない。そう言おうとしたのだが、先に道舶が怒鳴った。

「我が屋敷に入ったのも、同じ悪党じゃ」

沢田は思わず、道舶をまじまじと見てしまった。

「なにゆえに、言い切れまするか」

「なんじゃと？　このわしに対して詮議《せんぎ》か」

「滅相《めつそう》もございませぬ。悪党捕縛のため、我らが知っておかねばならぬことを、お聞きしただけにございまする」

道舶は不愉快そうに横を向いて腕を組んだ。

「昨晩の賊徒どもは、我が屋敷の蔵にも、火をつけようと謀《はか》ったのだ」

「まことにございまするか。されど、蔵の中に火をつけるとは、いったいどのような手を使って」

「知らん！　それを証《あか》し立てるのが、そのほうら町奉行所の役儀であろうがッ」

「ごもっとも」

「ともあれ、我が屋敷に入った賊徒は許しておけぬッ。本来ならば余が、自ら家臣どもを率いて捕縛に乗り出すところなれど、ここは江戸、上様のお膝元ゆえそれは遠慮をせねばならぬ。それが忌《い》ま忌《い》ましくてならぬわッ。賊徒を早急に捕らえて参れッ、わかったなッ」

道舶は言うだけ言うと傲然《ごうぜん》と立ち上がり、足音も荒々しく退席していった。沢田にとってみれば、目の前を崖崩れの大岩が転がり落ちていったかのような心地《ここち》であった。

入れ代わりに、白髪頭をきちんと結いあげた、もの慣れた顔つきの老武士が入ってきた。両手には三方《さんぼう》を持っている。沢田の前にきちんと正座して、三方は横に置いた。

「拙者、島津家上屋敷《かみやしき》用人《ようにん》、新納主計《にいろかずえ》にござる」

携えてきた三方をズイッと押し出してきた。

「これは当家よりの、心ばかりのご挨拶《あいさつ》にござる」

「なんでござろう」

三方には袱紗《ふくさ》が被《かぶ》せられている。新納が袱紗をのけるとその下には二十五両の包金があった。

新納は、皺《しわ》の深い瞼《まぶた》をショボショボさせながら説明する。

「賊徒を捕らえるには、探索方など多くの者を走らせねばなりますまい。南町奉行所にはさぞお入り用のことと存ずる。当家より僅《わず》かながらの合力《ごうりき》にござる」

そうは言われても、受け取って良いものかどうか悩むところだ。

新納は続ける。

「当家の隠居の物言いは、ご不快のことと存ずるが、昨晩は隠居の寝所の近くにまで賊に踏み込まれたのでござる。隠居の立腹もお察しくだされ」

道舶の無礼な振舞いは、この金子《きんす》でなかったことにしてくれ、と言いたいようだ。

そもそも大名家には、町奉行所に対する遠慮がある。

薩摩藩士も江戸の市中を大勢で出歩いている。悪所に通う者もいれば、騒動を起こす者もいる。薩摩の者たちは皆、大酒飲みで振舞いも粗野だ。

町奉行所の役人がその気になれば、何人でも捕縛することができてしまう。町奉行所を敵に回せば、大名家の面目などすぐに潰されてしまうのだ。

町奉行所の内与力に対して、あんな乱暴な態度が取れるのは、道舶ならではのことであった。その尻拭《しりぬぐ》いをしているのが、この、上屋敷用人の新納であるらしい。

「そういうことならば、薩摩様のご依頼どおりに、探索を進めさせていただきまする」

沢田は包金を鷲《わし》摑みにして袂《たもと》に入れた。

「これは役儀にて、立ち入ったことをお尋ねいたす。昨晩こちらのお屋敷で何が起こったのか、包み隠さずにお聞かせ願いたい」

「いかにも、お含みおき願おう」

新納は昨夜の事件について語り始めた。

新納主計は沢田を門外に送り出してから主殿に戻ってきた。道舶の常の御座所に向かう。

道舶は茶器に拭いをかけていた。新納は廊下で正座し、一礼した。

道舶は茶器の曇りをしつこく拭きながら質してきた。

「南町の内与力めは、帰ったか」

「はっ、ただ今、引き取りましてございまする」

道舶はチラリと横目を新納に向けた。

「なんぞもの申したげな顔つきじゃな。なんなりと申せ。それが用人の務めであるぞ」

「ハハッ、左様《さよう》ならば腹蔵なくお尋ねいたしまする。なにゆえ江戸町奉行所に事の次第を知らせたのでございましょう。今、我らがなしている事を、いちばん知られてはならぬのが、江戸町奉行所にございまする」

「ならばこそじゃ」

道舶は冷えきった顔で答えた。

「我が屋敷にも賊が入った。となれば、我らに対する疑いは晴れる。自分の屋敷に忍び込み、悪事をなす者などおらぬのだからな。災い転じて福となすの謂《いい》もある。屋敷に忍び込みし、かの賊に、すべての悪行を冤《かぶ》せてしまえばよい。さすれば我らは安泰じゃ」

「しかし、あの帳簿が江戸町奉行所の手に渡りますれば……」

「帳簿を取り戻そうにも、我らでは江戸市中の賊を捕らえることなどできはせぬ。餅《もち》は餅屋じゃ。賊徒は江戸町奉行所に捕らえさせ、而《し》して《こう》（そうやって）帳簿も取り戻す」

「そう首尾よく事が運べばよろしいのですが」

道舶はニヤリと笑った。

「案ずるでない。我らには若年寄の酒井信濃守がついておる。いざとなれば酒井を動かして、江戸町奉行所を黙らせればよいのじゃ」

道舶は憑《つ》かれたように茶器を見つめた。

「江戸の急所を、まもなく我ら島津家が握る。ここで手を弛《ゆる》めてはならぬぞ」

新納は「ハッ」と答えると、障子を静かに閉めた。

三

卯之吉は長火鉢の脇に陣取って、コックリ、コックリと舟を漕いでいた。

出仕の刻限である朝四ツ（午前十時ごろ）には、どうにか間に合ったものの、昨夜は夜が白むまで遊んでいたのだ。蕩《とろ》けるように眠くて仕方がない。

南町奉行所に出仕するのは一カ月ぶりのことであったが、上役や同輩に挨拶してまわるでもなく、不埒にも居眠りを決め込んでいる。

なにやら奉行所内は物々しい気配に包まれていた。長火鉢の置かれた同心詰所の前の廊下を足早に同心たちが行き交っていた。

それでも卯之吉は我関せずを決め込んで、ウツラウツラと心地よい眠りに浸っていた。

「やいっ、ハチマキ！」

怒鳴りつけられて卯之吉は、「うあ？」と情けない声を漏らした。

垂れていた頭を起こすと、寝ぼけ眼《まなこ》を向けた。

「ああ、これは村田様……。おはようございます」

筆頭同心の村田銕三郎が額《ひたい》に青筋を立て、怒気を満面にして立っていた。それでも卯之吉は再び背中をクニャンと丸めて、居眠りを続けようとした。

「馬鹿野郎ッ」

村田が怒鳴る。

「沢田様がお呼びだ！　すぐに来いッ」

襟首を摑まれて引っ張り上げられる。卯之吉はなされるがままにダランとぶら下がっている。そんな様子が猫にそっくりだ。

内与力御用部屋には、南町奉行所の同心たちが勢ぞろいしていた。三ツ紋付き黒羽織が並んだ様はまさに壮観だ。

卯之吉もその末尾に座った。と同時に居眠りの体勢に入る。村田は最前列に陣取った。

沢田彦太郎が入ってきた。同心たちは一斉に平伏した。卯之吉は最初から頭《こうべ》を垂れた前かがみの姿勢である。

沢田は厳しい顔つきで口をへの字に結ぶと、一同を見渡した。内与力の威厳を見せつける。

とはいえ沢田は鶴の首のように痩せていて、実に貧相な男だ。内与力は激務で失敗の許されない役目である。心労で胃腸を病んでいるので顔色もずいぶんと悪かった。

もっともこれがいつもの様子なので、案じる必要もない。常に病人のような顔色でありながら、精力的に仕事に取り組んでいる男なのだ。

沢田は袴《はかま》を折って正座した。「ウオッホン」とわざとらしく咳《せき》払いをする。

「一同、面を上げよ」

同心たちが上体を起こした。キリリと引き締まった面相を沢田に向ける。卯之吉一人だけが頭を垂れたままだが、一人だけ慎み深いわけではない――ということは言うまでもない。

「皆の者もすでに存じておると思うが、昨今、商家の蔵を専《もっぱ》らに狙う火付けが出没いたしておる。江戸市中の治安を守るは我らの務め。いささか面目を失した感がある」

同心たちは口惜しげに俯《うつむ》いたり、眉間《みけん》に皺を寄せたりした。卯之吉だけが日向《ひなた》の猫のような顔で眠っている。

「その火付け強盗の姿は、今まで一度も目にされたことがなかったのだが、昨晩、とうとう姿が露顕《ろけん》いたした。こともあろうに薩摩藩の上屋敷に押し入ったのだ」

沢田は昨夜の顚末《てんまつ》——島津家の家中と品川の宿場役人たちが、品川宿に盗っ人を追い詰めたものの、まんまと逃げられてしまったこと、その盗っ人は江戸に潜伏しているらしいこと——などを告げた。

なんと大胆不敵な怪盗であることか。同心たちは憤激した。卯之吉は半分居眠りしながら聞いている。

沢田の訓示は続く。

「かような事態が続くようでは、お奉行はもとよりのこと、恐れ多くも上様のご体面にまで、陰りが出てまいろうぞ」

参勤交代の大名たちは、将軍を慕って集まっている——という建前になっているのだ。江戸の町での不手際は許されない。

「ましてや、過日の出水《でみず》で人心は動揺し、世間の風紀にも乱れが出ておる。今こそ町奉行所の威光を顕《あき》らかにし、公儀が治安をしっかりと抑えておることを世間に示さねばならぬのじゃ」

同心たちは「ハハッ」と声を揃えた。沢田は続ける。

「市中の悪党取締は、定廻《じょうまわり》、臨時廻、隠密廻の三役が務める。これがご定法であるが、こたびの一件は、ないがしろにはできぬ」

この三廻は町奉行の直属だ。定廻同心が主戦力で、臨時廻は定廻を退勤した老巧者が補佐役として就任する。

「手隙《てすき》の者たちにも市中取締に当たってもらう。また、諸役の同心たちにも市中巡回に加わってもらうこととするゆえ、そのように心得ておくべし……との、お奉行のお言葉であった」

南町奉行所には百五十人ほどの同心が在籍していたが、そのうちの半数は普段、特定の御役に就いていない。非常時に応援役として動員できるように、緩《ゆる》い組織構成となっているのだ。

先日の大水《おおみず》の際には、大量の同心が深川などの低地帯に派遣されて、水害の防止や復旧に当たった。今回は火付け強盗の捕縛に駆り出される、ということだ。

「皆、異存はあるまいな？」

同心たちは無言でもって同意した。

内与力の訓示を受けた同心たちは、勇躍、町に飛び出していく。

普段、役に就いていない者たちにとっては、自分の能力と働きを認めてもらう好機となる。あるいは町人たちの〝痛くもない腹を探って〟悪どい賂《まいない》をせしめることもできるだろう。

　一人、卯之吉だけが物見遊山《ゆさん》に出掛けるかのような、のんびりとした足取りと顔つきで町奉行所を出た。お供の銀八が従っている。

「それにしても不思議だねぇ。どうやって、その盗っ人たちは、品川宿から逃げ出すことができたのかねぇ」

　猫のような気の抜けた顔で首を傾《かし》げている。

「本当に、わからねぇんでげすか？」

　さすがの銀八もいささか呆れ果てている。

　卯之吉は、もうその件には関心をなくした、という顔をしてスタスタと歩んでいく。

「どちらへ行かれるんでげすか、若旦那」

　目的の場所に向かって力強く足を運んでいるようにも見える。卯之吉にしては珍しいことだ。

「下富坂町《しもとみざかちょう》にある紅梅堂《こうばいどう》さんだよ」

「ええと……、お菓子屋さんでげしたかね」

紅梅堂は、千里眼を騙《かた》る贋《にせ》山伏の金剛坊《こんごうぼう》の一件に関わった。南町の辣腕《らつわん》同心、八巻が解決した（とされている）難事件での被害者であった。

卯之吉はいそいそと歩んでいく。どうやら何か、野次馬根性を刺激されるようなところがあったらしい。

卯之吉は江戸市中にたくさん借りている仕舞屋《しもたや》のひとつで町人姿に着替えた。刀が重たいので、遠出の際には町人姿に戻る。隠密廻同心だから町人姿に変装しているわけではない。

紅梅堂は水戸《みと》家御用達の菓子屋で、水戸家上屋敷の北に位置する町人地に店を構えていた。

「これはこれは、三国屋さんの若旦那様！」

紅梅堂の暖簾《のれん》をくぐると、卯之吉に気づいた主人の升左衛門《ますざえもん》が、すっ飛ぶようにしてやって来た。

「娘の一件では、三国屋さんにも、ひとかたならずお世話になりまして……」

かどわかされた升左衛門の娘の行方を巡って、南町の辣腕同心の八巻と悪党一味が知恵比べをした。八巻同心の大活躍で悪党一味は捕縛され、娘は親元に帰ってきた——という成り行きになっている。もちろん卯之吉本人にはまったく自覚がない。

「娘は良い所に縁付きまして、今は幸せにやっておりまする」

「それは良かったねぇ」

この時ばかりは卯之吉も、心の底から嬉しそうな笑顔を見せた。

「お店も繁昌しているようだし、なによりだねぇ」

奥で働く菓子職人の数も増えている。店全体に活気がある。

「若旦那様のお陰を持ちまして、本多出雲守様の御台所にも、お出入りを許されました」

「ははぁ……？　あの御前様は、黄金色《こがねいろ》のお菓子だけじゃなくて、本物のお菓子もお好きだったのですかえ」

卯之吉は本気で驚いている。この物言いには升左衛門も吹き出した。

座布団を勧められて、卯之吉は帳場に腰掛けた。銀八は店の土間に立っている。

「手前どもエ夫の、新作菓子にございます」

升左衛門が試食の菓子を差し出してきた。

「どれどれ」

卯之吉も甘い物は大好きである。楊枝《ようじ》で取って口に運んだ。

「若旦那様は舌が肥えていらっしゃいます。ぜひともお言葉を頂戴いたしたく」

「ふむふむ。これは甘さの舌当たりが滑らかだ。黒砂糖の味ではないね」

「さすがは若旦那様。長崎渡りの氷砂糖を練りこんでおりまする。……ただしそのぶん、値が張ることとなりまするが」

大名家御用達となると、値段よりも味覚が優先なのだろう。

卯之吉も金に糸目をつけるものではない。

「それじゃあ、菓子折りで三つ、頂戴しようかね」

早速にも財布の紐《ひも》を弛《ゆる》め始めた。

「そんなにもお買い求めくださいますか。ありがたいことでございます」

店の小僧に包ませる。

「どちらかのお屋敷にお届けにございまするか」

「いや、うちで食べるよ」

美鈴も甘党だ。おまけに大食いである。厳しい武芸の稽古に励む身体《からだ》には、大量の滋養が必要なのだ。菓子はどれだけ買っていっても、すぐになくなってしまう。それもこっそりと。

　升左衛門は、まさかそんなに凄まじい喰い方があるとは思っていない。三国屋が来客に出すのだろうと考えた。江戸一番の札差ともなれば来客も多い。

「それでは三国屋さんまでお届けいたしましょう」

「それなら、八丁堀の屋敷のほうに――」

　卯之吉が何も考えずに口にしたので、銀八が慌てて遮《さえぎ》る。

「あっ、あっしが持って帰るんで、大丈夫でげす！」

　八丁堀の同心組屋敷なんぞに届けられたりしたら、卯之吉の正体が露顕《ろけん》してしまう。銀八は風呂敷に包んでもらった菓子折りを両腕で抱えた。

「それにしてもさすがは三国屋さんでございますすなぁ。一時にこれほどお求めとは」

「まぁ、一時には食べきれないでしょうけれども、菓子は、腐るということはないから大丈夫」

「左様にございまする」

　升左衛門は愛想笑いを浮かべた。だが、その笑顔がわずかに曇った。

「おや？　どうしなすったえ」

卯之吉は人の心の動きに鋭敏だ。あまりにも感受性が強すぎて医者をしくじったほどである。

「なんぞ心配事でもおありなのかえ」

「ええ、まぁ」

「砂糖のことかえ？　先の出水で、いずこのお店も品薄だ」

「さすがは若旦那様。なにもかもよくご存じで。いかにも左様にございます。この数日来、砂糖の品薄と値上がりが著《いちじる》しく、我らは商いに窮しておりまする」

「せっかく出入り御免のお屋敷が増えたのに、肝心のお菓子を作れないんじゃ大《おお》事《ごと》だねぇ。あたしたち甘い物好きにとっても、大きな痛手だよ」

「ありがたいお言葉にございます」

「ま、あたしらは、しばらく辛抱すればいいことだけどねぇ」

いずれ物流は旧に復する。そう考えている卯之吉はいつものように呑気《のんき》な顔だ。

「ところが、そうでもございませんので」

「と言うと？」

「菓子が日持ちをする、という話にも通じるのでございまするが、砂糖は、物を腐らせぬために、混ぜ合わせるのでございます」

砂糖には防腐剤としての効果があった。人類史的に見れば、もしかすると調味料としてよりも、防腐剤として食物に混ぜることのほうが重要だったのかもしれない。江戸の食卓を飾る佃煮《つくだに》や甘露煮《かんろに》なども保存食だ。砂糖がなくては作れない。

という話を、かい摘《つま》んで升左衛門は語った。

「ふ～ん。つまり、砂糖がなくなると、江戸の食べ物が一斉に腐りだす、ということだね」

「塩漬けにするか酢で〆《しめ》るしか、なくなりましょう」

「それは考えただけでもしょっぱい話だ」

「まったくにございますよ」

升左衛門は、江戸城がある方角に顔を向けた。

「お上が早く手を打ってくださるといいのですがねぇ……」

「まったくだねぇ」

卯之吉は、小僧が淹《い》れてくれた茶を啜《すす》った。自分がお上（公儀）の一員であるという自覚はまったくなさそうな顔つきであった。

四

その日の深夜、村田銕三郎は小者《こもの》たちを引き連れて、江戸市中の夜回りを敢行した。

村田は極めて勤勉な男である。同心という仕事に責任と誇りを感じている。卯之吉とはちょうど正反対の人格だ。

沢田彦太郎からの訓示があろうがなかろうが、江戸の市中を騒がす悪党は許しておけない。自分が筆頭同心を務めている間は、悪党の暗躍は許さない。そう決意して勇みかえっていた。

引き連れているのは岡っ引きの五郎蔵《ごろぞう》だ。四十がらみの厳《いか》つい顔つきの男であった。築地の飯田町《いいだまち》や十間町《じっけんちょう》の界隈《かいわい》を縄張りとしている。筆頭同心ともなれば、受け持ちに関わりなく、江戸中の岡っ引きや下っ引きを従えることができた。

下っ引きの一人が、列の先頭で提灯《ちょうちん》をかざしている。次に行くのが村田。続いて五郎蔵。下っ引きの二人が最後尾に従った。

遠くで犬が吠えている。道の先にポツンと明かりが見えた。自身番の小屋に火が灯《とも》されているのである。村田たちが歩んでいくと、その足音に気づいたのだろう、番太郎の中年男がヌッと顔を出した。

「こりゃあ村田の旦那。夜分のお見回り、ご苦労さまです」

頭にかぶっていた手拭いを取って低頭する。

「おう、手前《てめ》ぇもご苦労だな。変わりはねぇか」

「日が暮れた時分から通りを見張ってますがね。怪しい野郎の姿はねぇです」

番太郎は寝ずの番をするのが決まりだが、普段は居眠りをしていることが多かった。しかし昨今の火付け騒動で緊張しきっている様子であった。

「良く見張れよ」

村田は次の町へと進んでいく。町角を曲がったその時、岡っ引きの五郎蔵が何かに気づいて叫んだ。

「だ、旦那ッ、あそこに大入道《おおにゅうどう》が……！」

村田も思わず「うっ」と唸《うな》った。通りに面して建つ商家の軒から頭が上に出てしまうほどの巨漢が、闇の中をこちらに向かって歩いてきたのだ。

「お、おう。あれはあいつじゃねぇか？」

村田はその巨体に見覚えがあった。

「大名火消の臥煙《がえん》だ」

大入道も村田たちに気づいた。巨体の背を丸めて挨拶する。

「ええと、町奉行所の旦那の……」

「村田銕三郎だ。また会ったな。手前ぇ、四股名《しこな》はなんてぇんだい」

「田中伊予守家のお抱え力士で、餡子山っていいやす」

村田は骨の髄まで役人根性が染みついている。睨《ね》めつけるような目で餡子山を、頭のてっぺんから足の爪先まで見た。

「こんな夜中に何をしているんだ」

「あっしは相撲だけじゃなく、臥煙も仰《おお》せつかっておりやすんで、火の用心の見回りを命じられやした」

「そいつぁご苦労だな」

「夜道はおっかなくってならねぇ。旦那、一緒について行ってもいいですかい」

五郎蔵がプッと吹き出した。

「そんなにでっけぇ図体《ずうたい》をして、何がおっかねぇってんだよ」

「暗くて、心細いじゃねぇかよ、親分」

身体は大きくても闇への恐怖に変わりはないらしい。

「一つ目の大入道が出たらどうしようかと思ってさ」

「いくら化け物だって、お前ぇよりは大きくねぇだろうよ」

「まあいい。ついてきな」

村田はお供に加えてやった。火付けの悪党に備えるという目的は同じだ。邪険にすることはない。

そうやって四半時（約三十分）ばかり夜回りを続けた。

一行は船松町《ふなまつちよう》に入った。大川の河口に近い。東風が吹くと潮の匂いが漂ってきた。

「このあたりには蔵が多いな」

村田が言う。五郎蔵が「へい」と答えた。

「西国から船で運ばれてきた荷を、しまっとくんでさぁ」

白い漆喰壁《しつくいかべ》の大きな蔵が何棟も掘割沿いに建ち並んでいる。江戸に暮らす百万の人々の口を満たすには、それはそれは、大量の物資が必要なのだ。

「旦那、なんだか焦げ臭いですぜ」

五郎蔵がクンクンと鼻を鳴らした。

「どこかで何かが燻《くすぶ》ってるんじゃねぇんですかい」

突然、餡子山が「あああっ」と大声を張り上げた。肉のたっぷりとついた太い腕と指を伸ばして目を丸くしている。

「火が、上がってやがるッ」

村田は急いで目を向けた。だが、何も見えない。

五郎蔵の目でも火は確認できなかったらしい。

「おい、どこから火が出てるってんだよ」

五郎蔵は餡子山に質した。

「ほらッ、あそこだよ！　旦那と親分には見えねぇのかい」

餡子山の頭は、蔵地を囲んだ塀の上に突き出している。餡子山にだけ塀の向こうの景色が見えているのだ。

五郎蔵は塀に飛びついて、ジタバタともがきながら顔を塀の上端より上に出した。

「ほんとだ！　旦那ッ、蔵の窓から火が吹き出していやすぜッ」

「半鐘《はんしょう》を鳴らせッ」

村田の指図を受けて、下っ引きの一人が火の見櫓《やぐら》に走った。梯子《はしご》を上って半鐘を叩き始める。江戸の夜空に不吉な響きが伝わっていった。

「塀の内に入る門はどこにあるッ」

村田が餡子山を見上げて質すと、餡子山は、

「あっちに見えやす」

と指差した。村田は五郎蔵たちを引き連れて蔵地の門へと走った。

長い長い塀の角を曲がると、確かにそこには門があった。

「旦那ッ、門扉《もんぴ》が開いておりやすぜ。こいつぁ剣呑だ」

誰もいない真夜中の門扉が開いて、隙間の向こうに闇が広がっている。村田も緊張して、腰帯に差した十手《じって》を引き抜いた。

「火付けの下手人がいるかもわからねぇ。抜かるな」

「へいっ」

五郎蔵が真っ先に飛び込んでいく。続いて村田が、それから下っ引きの二人が、最後に餡子山が身を小さくかがめて、門の鴨居《かもい》をくぐった。

一棟の蔵の窓から吹き出す炎が、隣の蔵の白壁に照り返されている。夜道を歩いてきた村田たちの目には十分に明るい。眩《まぶ》しいくらいだ。

「あっ、あそこに……！」

いちばん見晴らしの利く餡子山が、またしても指差した。五郎蔵も「あッ」と

叫んだ。

黒装束の怪しい男が蔵の陰から走り出てきた。向こうもこちらに気づいている様子だ。

夜中の蔵で黒装束、というのはあまりにも異常だ。

「胡乱《うろん》な奴！　そこを動くなッ」

村田は十手を突きつけた。黒装束は身を翻《ひるがえ》して逃げ出した。

五郎蔵が真っ先に走りだす。

「曲者《くせもの》と決まったッ。野郎ども、追いかけろッ」

下っ引きの二人も猛進する。村田と餡子山も駆けた。

黒い装束は闇の中ならば目立たぬであろうけれども、白壁を背景にすればこの上もなく目立つ。

火の見櫓の下っ引きは半鐘を鳴らし続けている。村田たちの鼓動も高鳴っていく。

塀に囲まれていて逃げ場は門のひとつしかない。村田たちは黒装束を蔵の壁際に追い詰めた。取り囲まれたと知った黒装束は背負ってきた刀を抜いた。闇の中で刀身がギラリと光を放った。

「野郎め、抜きゃあがったぞ！」

五郎蔵は腰の後ろに差してあった捻子棒《ねじぼう》を抜いて身構えた。

捻子棒は十手に良く似ているが、十手そのものではない。馬子《まご》が馬を制御するために使う道具だ。

下っ引きたちも捻子棒を手にして身構えた。馬子の道具であるから、町人が持ち歩いても咎《とが》められない。同心の手伝いをする者たちは、十手に似せた捻子棒を得意気に携帯して歩く。悪党と戦う際に使用するのだ。

村田も、

「手向かいするなら容赦《ようしゃ》しねぇぞ！」

叫んで刀を抜いた。

餡子山は蔵の脇にあった丸太を握って構える。

黒装束の曲者は、囲まれていては勝ち目はないと覚《さと》ったのであろう。素早く立ち位置を変えた。いちばん弱そうな下っ引きに向かって斬り込んでいく。

下っ引きたちの本業は町人だ。捕り縄の稽古ぐらいは受けているかもしれないが、武芸は素人《しろうと》だ。情けない悲鳴を上げながら退いてしまう。

「俺が相手だ！」

このままではいかんと思った村田が前に出た。鋭い一閃《いっせん》を繰り出す。曲者はすかさず体《たい》を返して、村田の斬撃を自分の刀で打ち払った。

餡子山も「うおおっ」と雄叫《おたけ》びを上げながら丸太を振るう。ブウンと唸りながら振り下ろされた丸太を曲者は素早い足捌《あしさば》きで避けた。空振りした丸太の先が地面をドンッと叩いた。

曲者は前に出る。餡子山に斬りかかろうとしたのだ。餡子山は丸太を振り上げて身を庇《かば》おうとしたが、丸太が重すぎて咄嗟《とっさ》に対応できない。

曲者が刀を振り上げた。餡子山の顔が恐怖に引きつる。

斬り下ろされた刀を、二人の間に割って入った村田がガッチリと受けた。

「手前ぇの手に負える相手じゃねぇ！　引けッ」

餡子山に叫ぶ。餡子山は「畜生《ちくしょう》ッ」と叫んだ。

「ここで逃げたらお江戸の相撲取りの名が廃《すた》らぁッ」

五郎蔵は下っ引きに向かって叫ぶ。

「目潰しを投げつけろ！」

「合点だ！」

下っ引きたちは腰から下げていた袋に片手を突っ込む。鶏《にわとり》の卵ほどの大きさの、目潰し玉を掴みだした。石灰や唐辛子《とうがらし》の粉などを白い紙で包んだ物だ。

「村田様、お下がりくだせぇッ」

五郎蔵が叫ぶ。ここで投げつけたら村田の目まで潰れてしまう。

村田も捕物には慣れている。五郎蔵たちの意図を察して距離を取ろうと後ずさった。ところが曲者は、まるで糊《のり》で張り付けたかのように村田に密着して離れない。鍔迫《つばぜ》り合《あ》いの恰好《かっこう》でジリジリと押してくる。

村田は後ずさりをしたぶんだけ踏ん張る力が出ない。不利な体勢に押し込まれてしまう。

「旦那ッ、危ねぇッ」

餡子山が叫んだ。相撲取りは勝負師だ。剣術の経験はないけれども勝負勘はある。村田の窮地を察して、丸太ごと踏み出した。

「こん畜生ッ」

曲者に向かって丸太を振る。曲者はパッと飛びのいて避けた。村田との間に距離ができる。

「今だッ、目潰しを──」

五郎蔵が叫ぼうとしたその時、曲者が丸太に沿って餡子山に突進した。ビュッと短く切っ先を振るう。

「あっ！」

餡子山の腕から鮮血が迸《ほとばし》った。切っ先がかすめたのだ。餡子山は斬られた腕を押さえる。丸太を取り落とした。

それを見た五郎蔵が激昂《げっこう》した。

「やりゃあがったな！」

捻子棒を振り回して、曲者の背中から飛び掛かろうとした。曲者は振り返りざまに刀を横に振った。

「うわわっ」

五郎蔵はすんでのところで踏みとどまって飛びのいた。

下っ引きたちは、親分を窮地から救うため目潰しを投げつける。白い粉が激しく飛び散った。

半鐘の音は鳴り続ける。やがて遠くから大勢が駆けつけてくる物音が聞こえてきた。火消の到着だ。

曲者は武芸の達者であったが、多勢に無勢では敵《かな》わないと考えたのか、脱兎《だっと》の如くに逃げだした。逃げるためにいちばん邪魔だった餡子山の巨体はない。餡子山は斬られた腕を抱えてうずくまっている。

「待ちやがれッ」

村田が鬼の形相で追う。五郎蔵たちも続こうとした。だが、下っ引きたちが投げた目潰しの粉が一面に漂っている。

「うわっ、ぷぷっ」

喉に吸い込んだ五郎蔵が噎《む》せた。下っ引きたちも口や目を押さえて、悶絶《もんぜつ》している。

「なんてぇ態《ざま》だ！」

村田はますます激怒した。やはり目の前に漂う粉が邪魔で前に進むことはできない。それどころか辛子の粉が喉に入って息もつけない有り様となった。

曲者は門から外へと走り出た。

「おっ、なんだ手前ぇは！」

「野郎ッ、こちとら火事場出役《しゅつやく》だぞッ」

火消の集団と鉢合わせをしたらしい。火消の怒鳴る声が聞こえた。

（捕まえろッ、そいつが火付けだ！）

そう叫びたかったのだが、村田も五郎蔵たちも噎せるばかりで声を出すことができない。

火消たちは曲者を曲者と気づかず、取り逃がしてしまったようだ。纏《まとい》を先に立てて門から中に入ってきた。

「火事場はここかっ」

「梯子《はしご》をかけろッ、屋根に纏を上げるんだ！」

頭分《かしらぶん》の声が聞こえてくる。こちらに駆け寄ってきて、

「そこにいるのは誰でいっ」

と、提灯を突きつけてきた。

「あっ、南町の、村田の旦那！　五郎蔵親分も。……そんなところで何をしていなさるんで？」

うずくまって咳《せ》き込んでいる男たちを、火消たちは目を丸くして見つめた。

第四章　火元の蔵の謎

一

「くっそうッ、昨夜《ゆんべ》はとんだ赤っ恥をかかされちまったぜッ」

村田鋏三郎が激怒しながら、南町奉行所の廊下をひっきりなしに行き来している。あっちの部屋に向かったり、こっちの部屋に向かったりした。

下っ引きの投げた目潰しに悶絶《もんぜつ》していた姿を町火消たちに見られたことが、堪えがたい屈辱となって身を苛《さいな》んでいるらしい。顔色も、赤くなったり青くなったりを繰り返し、こめかみには常に青筋が浮いていた。

町奉行に呼び出されたり、沢田彦太郎に呼ばれたりして、何度も屈辱的な話を繰り返させられるのだからたまらない。

こんな時に村田は、立場が下の者に八つ当たりをする。八つ当たりをされてはかなわないので、皆、そそくさと同心詰所《つめしょ》から出て行こうとした。

そろそろ町廻りに出なければならない時刻なのである。同心たちが腰を上げたのも不自然ではなかった。

一人、卯之吉だけが長火鉢の前で居眠りを決め込んでいる。完全に町奉行所の備品に溶け込んでいる。

卯之吉は隠密廻同心という名目で、しばらく江戸を留守にしていた。そのせいで卯之吉が存在していないことが当たり前の景色になっている。皆、卯之吉の姿は目に入らないような顔をして忙しげに振る舞っていた。

村田銕三郎は血走った目で詰所内を素早く見回した。

村田の眼中にも、卯之吉の姿はなかったらしい。

「おいっ、尾上《おがみ》ッ」

同心の一人、尾上伸平《しんぺい》を呼びつけた。

尾上は詰所から退散しようとしていたところであったのだが、

(しまった、見つかっちまったかぁ)

という顔で足を止めた。クルリと振り返った時には、満面の愛想笑いで、

「ハハッ。お呼びにございましょうか」

村田に向かってヘコヘコと低頭した。

「おうっ、こっちに来い」

「はい、ただいま」

尾上は引きつった笑顔で、緊張しながら歩み寄っていく。村田はますます苛立《いらだ》った顔つきだ。

「手前《てめ》ぇ、なんだって笑ってんだ」

「いえ、これが地顔です。それで、なんの御用でしょうか」

「昨日の捕物の続きだ。お前《め》ぇ、船松町に行ってくれ」

「検使ですか。心得ました」

今の村田には、八つ当たりをするだけの時間もないらしい。忙しげに同心詰所を出ると与力の部屋に向かっていく。尾上は余計なお小言《こごと》をくらわずにすんで、ホッとした顔つきであった。

「誰か一緒に――」

そう言いかけて、詰所を見るが誰もいない。卯之吉が昼寝をしているだけだ。

「仕方がねえ。一人で行くか」

尾上は頭をポリポリとかきながら廊下に出た。

卯之吉も午後になれば多少は目が冴えてくる。夕刻が近づくにつれて元気一杯になるのだが、その前に〃朝食《しもたや》〃だ。

いつものように隠れ家の仕舞屋で町人姿に着替えると、昨今美味《うま》いと世評の高い料理茶屋（料亭）を求めてそぞろ歩き始めた。

涼しげな羽織を着けてヒョコヒョコと歩む。幇間《ほうかん》の銀八を従えた姿は、どこからどう見ても放蕩《ほうとう》者の若旦那だ。隠密廻同心の変装にはまったく見えない。

「そういえば、このあたりだったたねぇ」

商家の軒など見上げて、そう言った。銀八は訊《き》き返した。

「なにがでげすか」

「饅頭《まんじゅう》の大食い比べですよ。あの話は、その後、どうなりましたかねぇ」

先日の菓子屋に足を向ける。角を曲がった瞬間に、「おや？」と言って足を止めた。

店の前に雲を突くような大入道《おおにゅうどう》が立っている。

「すごいですねぇ、あのお人は。二町（約二百十八メートル）先からでもわかりますよ」

卯之吉は面白そうに微笑《ほほえ》みながら歩み寄っていった。

銀八は菓子屋に目を向けた。

「表戸が閉まってるでげすよ。夜逃げでげすかね」

「なるほど店仕舞いのようだね。大食い様が押しかけてきて、売り物をぜんぶ食べ尽くしちゃったからかねぇ」

「それなら逆に大繁昌でげすよ」

いつものように調子の外れた会話をしながら、卯之吉は大男に近寄った。

「お大名様お抱えの団子山関」

「ああ、これは若旦那。……あっしは餡子山ですぜ」

「ああ、そうだっけねぇ。それで、どうしたのかねぇ、そんな所に突っ立ったりして」

「見てのとおりでさぁ。菓子屋が閉まってるんで落胆していたところですよ」

餡子山は「いてて」と言いながら片腕をさすった。

「饅頭でも食えば元気が出て、傷も治ると思ったんですがね。仕方がねぇや」

「おや？　どうしたんだえ」

卯之吉が首を伸ばして覗《のぞ》きこむ。餡子山は右腕に晒《さら》しを巻いていた。

「斬られちまったんですよ。火付けの悪党にね」

「おやまぁ」

「くそっ、これじゃあ得意の上手《うわて》投げも打てねえ。相撲が取れないんじゃや、力士も形無《かたな》しだ」

餡子山は鬼のお面のような顔で唸《うな》った。そんな怖い顔でも、落胆していることがはっきりとわかった。

一方、卯之吉の目は餡子山の腕に釘付けだ。

「そんなにきつく晒しを巻いてはいけませんよ。ほら、手の先が鬱血《うつけつ》してます」

晒しを巻きすぎたせいで血流障害が起こって、手指が赤黒くなっている。

「それじゃあ、治る怪我《けが》も、治らなくなりますよ」

「へぇ？　若旦那、医者坊《ぼん》みたいな口を利くじゃねぇですか」

「お医者には診せたのかね」

「そんな銭は持っていねぇですよ」

江戸の医者の診療代は高額だ。

「そいつはいけないねぇ」

卯之吉は突如、不穏な笑みを浮かべた。

銀八は（これはいかんでげす！）と焦った。このままでは餡子山は、卯之吉の針でチクチク縫われてしまう。見ている銀八のほうが気の遠のくような、酸鼻《さんび》な光景だ。

「餡子山関、すぐにお医者のところへ行ったがいいでげすよ！　それじゃあ若旦那、あっしらは先を急ぎましょう」

卯之吉は首を傾《かし》げている。

「どこへ急ごうってんだね。それよりも心配なのは餡子山のお怪我だ」

餡子山は重ねて答える。

「あっしには、医者にかかるだけの銭はねぇです」

「それならあたしが診てあげよう。あたしの仕舞屋においで」

「あ、あ……餡子山関！」

（逃げて！）という言葉が喉から出かかる。

卯之吉はニヤリと不気味な笑みを浮かべつつ銀八を見た。

「お前は鍋で湯を沸かしておくれ。道具は置いてあったよね」

銀八は、蛇に魅入られた蛙みたいになって、頷《うなず》くしかなかった。

仕舞屋の板敷きに油紙が敷かれている。餡子山が大の字になって転がっていた。あたりは血まみれ、餡子山の顔色は真っ青だ。

「相撲や火事場では、怖いと思ったことなんか一度もねぇ俺だが、今度ばかりは本気でおっかねぇと思ったよ……」

泣きだしそうな顔でそう言った。

手術を終え、道具に熱湯をかけて血を洗い流しながら、卯之吉は優美に微笑んだ。

「意外と気が小さいですねぇ。フフフ」

「反物《たんもの》の気持ちがよく良くわかりやしたぜ。こんな辛い思いをして縫われているんだ。着物はもっと大事に着てやらねぇといけねぇや」

餡子山はムックリと上体を起こした。糸で縫われた腕を見つめる。

「これでまた、相撲が取れるようになるんですかね」

「刃物はかすっただけだったよ。肉までは断ち切っていないから、酷《ひど》く膿《う》んだりしなければ、綺麗《きれい》に治るだろうさ」

餡子山は安堵《あんど》した様子だ。

「それじゃあ、腐らねえように砂糖でもまぶしとくか」

「それはいいね。美味《おい》しそうだよ」

「若旦那は、冗談とみせかけて本気でやるから、おっかねぇ」

餡子山は手術を受けたことで、卯之吉の性分を理解したらしい。

卯之吉は手術道具を布で拭きながら訊《たず》ねる。

「いったい、どちら様に、どういう理由で斬りつけられたのかねぇ？　大食い勝負の遺恨かね」

「そんなんじゃねえですよ。火付けの悪党を相手に、捕物をしたあげくがこの態《ざま》だ。イタタ……」

卯之吉は金瘡《きんそう》の薬を塗っていく。餡子山はうめき声をあげ続けた。

「役人の真似事なんか、するんじゃなかったぜ」

その後で餡子山は、問われるがままに昨夜の話を語った。話の間に卯之吉は、新しい晒しを巻き終えた。

「それは災難だったねぇ。村田さんと顔を合わせたのが運の尽きだ」

「知っていなさるんですかね、あの役人を」

「まんざら知らない仲でもないよ」

（酷い言い種《いいぐさ》でげす）

と銀八は思った。卯之吉には、自分が村田銕三郎の部下だという自覚がまったくないらしい。

「それで、火付けの悪党のお顔は、よく見覚えているのかねぇ？」

「もちろんでさぁ。見忘れるもんじゃねぇ。今度顔を合わせたら、張手《はりて》で、ぶちのめしてやりますさぁ」

「それには早く腕を治さないといけないねぇ」

「まったくだ。だけど、甘い物が食えないんじゃ、力が湧《わ》いてこねぇ」

餡子山は、今度は別の意味で顔をしかめた。

「江戸中の菓子屋は戸を閉めちまうし、大食い比べもお流れしちまいそうだ。まったく、どうなってんだ」

「おや、そんな話になっているのかね」

卯之吉は身を乗り出した。野次馬根性を誘われた様子だ。餡子山は卯之吉が急に顔を近づけてきたので驚いている。

「えっ、まぁ、そういう話になってるんですよ。江戸中の砂糖が底を払っているって話ですぜ」

卯之吉は首を傾げた。

「町奉行所のお役人様は、何をなさっているんでしょうねぇ。砂糖会所にお指図を出すべきでしょうに」

(火付けの捕物で忙しいんでげすよ)と銀八は思ったけれども、黙っていた。

「ともあれ、なんとか考えましょう」

卯之吉の物言いに、今度は餡子山が首を傾げた。

「なんで、若旦那が考えるんですかね」

それには答えずに卯之吉は銀八に命じた。

「先日の、紅梅堂さんのお菓子があったでしょう。餡子山関のお屋敷に届けて差し上げて。怪我見舞いだ」

「そいつはありがてぇ」

餡子山は舌なめずりをした。

銀八は、(もしかしたら、そのお菓子はもう、残っていないかもしれねぇでげすよ)と思った。美鈴がたいそう気に入って、こっそりとパクついている姿を目撃していたからだ。

二

同心、尾上伸平は、船松町に行く前に湯屋に寄った。そしてのんびりと湯に浸かった。

町人たちの噂を拾って探索の一助とするため——という名目だ。

その次には髪結《かみゆ》い床《どこ》に寄って髷《まげ》を結い直させた。これもまた、町人たちの噂を集めるため、という名目である。

実際、江戸の髪結いたちは、同心たちから手当てをもらって、客たちの噂話に耳を傾け、情報を集めていた。髪結い床に寄った尾上も、まんざら怠惰ではないのである。

かくしてこざっぱりとした尾上は、おもむろに、命じられた船松町の商家に向かった。

「ここだな」

軒の下に『回船問屋　相模屋《さがみや》』という看板が下がっている。

「南町の者《もん》だ。主はいるかい」

暖簾《のれん》を片手で払って店に踏み込む。直後、尾上の目が丸くなった。

「なんだ、お前ぇは。ここで何してる」

目の前に、金のかかった装束を身にまとった若旦那がいた。尾上を見上げて、ニヤーッと不気味な笑みを浮かべた。

「これはこれは。南町の尾上様。お見回りご苦労さまに存じます」

「ハチマキ？　いってぇなんだって、そんな恰好《かっこう》を――」

卯之吉は尾上の袖をツンと引いて、耳元で囁《ささや》いた。

「隠密廻でございますよ。これは変装」

「なんだと？」

尾上はジロジロと卯之吉を見た。

「確かにな、探索に励むように――と命じられちゃいるけどよ、手前ぇ、やけに板についた恰好だな」

「いやいや。それほどでも」

卯之吉は楽しくてならない、という顔つきだ。この状況も卯之吉にとっては遊興。放蕩者の酔狂なのだ。

「とにかく尾上様。手前の正体が露顕《ろけん》しないよう、話を合わせてくださいますようにお願いしますよ」

「心得たぜ――って、なんでお前ぇに指図されなくちゃならねぇんだよ」

「まぁまぁ。落ち着いて。ご主人がおいでですよ」

緊張しきった顔つきに、引きつった愛想笑いを張り付けて、四十代の商人がいそいそと足を運んできた。裾を整えて帳場に正座した。

「これはこれは、お役人様。わざわざの御出役《ごしゅつやく》、恐れ入りまする」

「オイラは南町の尾上だ」

「尾上様でございますな。手前が相模屋の主、新左衛門《しんざえもん》にございまする。このたびは我が店の蔵のことで、たいそうなご心配をお掛けいたしまして、まことに申し訳無い次第にございます」

それから卯之吉に目を止めて、

「あのぅ、若旦那様は、いったい……」

訝《いぶか》しげに首を傾げた。

卯之吉は邪気のない笑顔だ。

「あたしは火事見舞いですよ。日本橋室町の札差、三国屋からの使いです。まずは、これをどうぞ、お受け取りを」

銀八に運ばせてきた菓子折りを差し出した。

蓋《ふた》を開けた新左衛門はギョッとなった。慌てて蓋を閉じる。

「さすがは噂に名高い三国屋さん、結構なお菓子を頂戴いたしました……！」

卯之吉は平然としている。尾上は、まさか菓子折りに小判が詰まっているとは思わない。ただのお菓子だと思い込んでいる。

「このおかしな野郎も、火事場の検使に立ち会わせちゃくれねぇか」

尾上が頼むと、新左衛門は額《ひたい》の汗を拭きながら低頭した。

「それはもう。それでよろしければ」

「それじゃあ、お邪魔様」

卯之吉が雪駄《せった》を脱いであがろうとする。

「なんでお前が先に行くんだよ」

尾上に襟を摑《つか》まれた。卯之吉は猫のような顔で尾上の腕にぶら下がっている。

「ともあれ、これをお納めを」

座敷に通されて、向かい合わせに座るなり、新左衛門は尾上の前に盆を差し出してきた。盆の上には袱紗《ふくさ》が被《かぶ》せられている。その様子から察するに、小判が何枚か置いてあるようだった。

「日を改めまして、お奉行所にもご挨拶《あいさつ》に参じまする。今日のところはほんのお足代にございまする」

奉行所には賂《まいない》が届けられる。これは尾上への個人的な賂、ということだろう。

尾上は袱紗の下に無造作に手を突っ込むと、小判だけを手の内に納めて、袂《たもと》に入れた。

「なんにせよ災難だったな。失火であれば、蔵の持ち主のお前にも咎《とが》めが及ぶところだったが、曲者がいたとなれば話は別だ」

相模屋新左衛門は加害者ではなく被害者ということになる。

新左衛門は尾上がそう明言してくれたので、ホッと安堵した様子であった。

「駆けつけてくだすった村田様のお陰で、火事が燃え広がらずにすみました。重ね重ね、御礼を申し上げまする」

「お前さんのことだ、手抜かりはあるまいが、くれぐれも礼物《れいぶつ》を忘れるなよ。大名屋敷にもだ。大名火消の臥煙《がえん》も怪我をしたっていうからな」

「村田様のお屋敷にも、田中伊予守様のお屋敷にも、必ずご挨拶に伺《うかが》いまする」

「それで、いったい、蔵の中の、何に火をつけられたんだい」

「それは……」

新左衛門は引きつった愛想笑いを浮かべた。

「売り物をいろいろと……」

「ここの商いは回船問屋だろ。預かり物じゃねぇのか」

「それも、もちろんございます。手ひどい損失にございますよ」

すると突然に卯之吉が、首を傾げながら呟《つぶや》いた。

「だけど変ですねぇ」

新左衛門はびっくりして卯之吉を見た。町人の若旦那が、町方同心の話に割り込むとは信じがたかったからだ。

尾上は卯之吉のことを、曲がりなりにも同僚だと思っているので、

「なにがだよ」

と訊いた。それがますます不可解で、新左衛門は二人の顔を交互に見ている。

「だってですよ。蔵の扉は鍵がかかっていて、閉まっていたのですよね？　曲者はいったい、どうやって蔵の中に火をつけたんでしょうね」

「窓から種火を投げ込んだんだろう」

「なんのために？　蔵の中の物を盗るのならわかりますけれど、火をつける理由

がわからない」

「そんなことは、とっ捕まえて口を割らせれば、わかる」

「左様《さよう》ですかね」

動機について推論して、下手人の素性を探るような探索の仕方は、町奉行所は得意としていない。

「しかし、やっぱり変ですねぇ」

「なにがだよ」

「これまで、火付けの曲者は、そのお姿を誰にも見られていなかったのですよね。だから町奉行所のお役人様は、火元となった蔵元（蔵の持ち主）にお縄を掛けましたよ」

新左衛門が身震いをした。

「恐ろしいことでございます……。ひとつ間違えば、手前も同じ目に……」

「今度だけ下手人が姿を見せて、立ち回りまでした。それはどうしてなんでしょうねぇ」

尾上は「何を言ってやがるんだ」と毒づいた。

「真っ先に駆けつけたのは村田さんだぜ？　村田さんの眼力があったからこそ、

下手人を見逃さなかったのに決まってるだろ」

「なるほど。あの人は鼻が利きますからねえ」

「犬みたいな言い方をするなよ」

卯之吉は笑顔で頷いた。もっと何か言い続けるかと思っていたらしい尾上は、

「それだけか？」

と確かめた。

「それだけです」

卯之吉は今度は新左衛門に顔を向けた。

「それじゃあ、蔵の中を拝見させていただきましょうかねぇ」

「だから、なんで、お前が指図するんだよ」

「えっ？　蔵の中は見ないのですかね」

「見るよ。いちいち調子の狂う野郎だな。やいっ、新左衛門ッ。案内しろ」

新左衛門は「ハハーッ」と平伏した。この二人にはなるだけ関わりたくない、という心境が透けて見えた。

火事の現場となった蔵が建っている。厚く塗られた漆喰壁《しっくいかべ》はそのままだが、窓

の周りには真っ黒な煤《すす》がついていた。そして屋根は完全に焼け落ちていた。

卯之吉は屋根を見上げた。それから蔵の周りを一巡りしてみた。

尾上と新左衛門は扉から蔵に入ろうとしている。

「こちらでございます。お足元にお気をつけて」

新左衛門が蔵の扉を開けた。卯之吉のことは奇行で評判の放蕩者だと思っている。ほとんど気にも留めずに好き勝手に振る舞わせていた。追い出されないのは見舞いの大金が効いているからだ。

尾上は扉に目を向けた。鍵を壊した跡があった。

「これは？　火付けの悪党が壊したのか？」

「いいえ。手前が命じて壊させました」

「錠では開かなくなっちまったのか」

「左様です。錠前屋に見てもらいましたところ、火事の熱で、鍵穴の中のからくりが歪《ゆが》んでしまったそうでして」

卯之吉がヒョイと顔を出す。

「鍵は真鍮《しんちゅう》ではなく鉄でできていたんでしょう？　歪んでしまうなんて相当の熱ですよ。いったい何が燃えたんですかね？」

新左衛門はますます動揺している。

「それはその、炭や、薪《まき》でございましょう」

尾上が「ふ〜ん」と頷いた。

「炭をしまっておいたのか。それが燃えたと。なるほど、それならこの焼けっぷりも納得だな」

屋根を支える太い梁《はり》が焼け落ちるほどの火力だ。

「はい。まことに恐ろしい火事でございました……」

「それは変ですねぇ」

またも横から卯之吉が嘴《くちばし》を突っ込んできたので新左衛門は動揺し、尾上は怒った。

「なんなんだよ、手前ぇはさっきから！」

「だって、こちらは船松町。大川の河口に面したお蔵にございますよ。蔵に納められていたのは、西国から運ばれてきた荷に相違ございませんよ」

潮の匂いが漂ってくる。内海（江戸湾）に浮かんだ何艘《そう》もの船と、真っ白な帆が見えた。

「だったら、なんだってんだ」

「江戸に運ばれてくる炭は、上州や野州《やしゅう》、南陸奥《みなみむつ》の産でございます。川船で鬼《き》怒《ぬ》川《がわ》や江戸川《えどがわ》を下って運ばれて来るのですよ。炭の問屋町は神田佐久間町《さくまちょう》。中《なか》川《がわ》番所で検《あらた》められた炭俵は、掘割を通って神田まで運ばれます。わざわざ江戸の南にある、こちらの蔵にしまい込む理由はないですよ」

新左衛門はますます動揺した顔つきだ。玉のような汗を額に滲ませている。夏の暑さばかりが原因ではないだろう。

「それはその、手前どもが使う炭や薪を入れておいたので……」

「回船問屋さんにとってお蔵は大事な商売道具じゃないかね。家で使う炭や薪なら、台所にでも積んでおけばいいだろうに」

「それはそのぅ……、ご近所に頼まれまして……、つまり貸し蔵でございますので、何を入れておくのかは、お客様のご都合次第ということでして……」

ますますのシドロモドロだ。

卯之吉は不思議そうに見つめているが、尾上にとっては、どうでもいい話に聞こえたらしい。おまけに卯之吉の口調は、立て板に水の反対で、横板に油だ。トロトロとした粘っこい口調に苛立っている。

「おい新左衛門、蔵に入ってもいいのかよ」

「あッ、はいッ。もちろんにございます。ご存分にご検分を」

新左衛門は救われたような顔つきで、蔵の扉を大きく開けた。

「さぁさぁ、どうぞどうぞ」

尾上を先に立たせて、自分も中に入ってしまった。

卯之吉も後に続く。

三

蔵の中はまだ、焼け焦げた臭いが立ち込めていた。煤まで漂っている。

「いい匂いがしますねえ」

卯之吉が言うと、尾上は、

「なに言ってんだ。煙いだけじゃねぇか」

懐《ふところ》から手拭いを出して、口と鼻を覆った。

卯之吉は面白そうにほくそ笑んでいる。さすがに火事場の検証は初めての体験だ。卯之吉はいったん好奇心が湧くと止めどがなくなる。

「あッ、若旦那。せっかくのお召し物が汚れますよ」

新左衛門に忠告されても構わずに、煤だらけの蔵の中を四つん這《ば》いになって蠢《うごめ》きつづけた。

尾上は卯之吉の奇行は無視して検分を進める。

「なるほど激しく燃えていやがるな。梁が焼け落ちるほど燃えるなんてこたぁ珍しいぜ」

壁に触って、指についた煤を凝視する。

「どうやら、燃えたのは炭か柴《しば》みたいな物のようだな。ウム、炭を納めていたという、お前ぇさんの申し条に、嘘偽りはなさそうだぜ」

「恐れ入りまする」

新左衛門は折り目正しく低頭した。

その時、卯之吉が「おや？」と声をあげた。

「これは、なんでしょうかねぇ」

床に転がっていた何かを見つめている。四つん這いで顔を近づけて、クンクンと鼻を鳴らした。

「なんだよ？　犬みてぇな真似をしやがって」

尾上も寄ってきてしゃがみ込んだ。

床に筒状の何かが転がっていた。

「なんなんだよ、これは」

「ビードロの小瓶《こびん》ですねぇ」

「小瓶？……には見えねぇぞ」

「融《と》けてしまっているからですよ。ううむ。これはビードロというより、グラスというべきですねぇ」

「なにを言ってるんだよ」

「本朝（日本国）の職人が作った物をビードロと言い、異国《とつくに》の職人が作った物をグラスと言います」

「ビードロに変わりがあるのかよ」

「変わりがございますねぇ。伊万里《いまり》焼と唐津《からつ》焼みたいなもんです。産地が違う」

尾上は〝理屈っぽいヤツだなあ〟という顔で腰を上げ、卯之吉のせいで苛立った顔を新左衛門に向けた。

「こいつはこう言ってるが、なんだって蔵の中に異国のビードロが転がってるんだよ」

　そう言っているうちに尾上の面相がだんだん険しくなってきた。

「有体《ありてい》に答えろよ。事と次第によっちゃあ、抜け荷の疑いも出てくる。うん……

そういうことになるよなぁ？」

自問自答も始めた。そして卯之吉をキッと睨《にら》みつけて、

「手前ぇのせいで、話がこんがらがってきたじゃねぇか」

愚痴《ぐち》をこぼした。

ところが、新左衛門も（わけがわからない）という顔をしている。

「グラスの瓶にございますか？」

近づいてきて屈《かが》み込んで、顔を近づけさせた。

「まことにございますな。……いったいどうして、こんな物が手前の蔵の中にあるのでしょう」

「おいおい、しらばっくれるなよ」

「とんでもございません。まことに心当たりがないのですよ」

新左衛門までクンクンと鼻を鳴らし始める。

「大蒜《にんにく》……のような臭いがいたします」

卯之吉も「うん」と頷いて同意する。

「こんな臭いを口からさせながら吉原に行ったら、一発で嫌われちまうだろうね」

尾上は、

「なんで吉原の話になるんだよ」

と呆《あき》れた。

「ともかくだな、新左衛門。この瓶の出所《でどころ》は詮議《せんぎ》しなくちゃならねぇぞ」

「本当に心当たりがございませぬ。……おおかた、船から荷を下ろして運び入れる男衆が、瓶に大蒜を詰めて持ち歩いていたのではございますまいか。疲れた時に精をつけるために、大蒜の汁を啜《すす》っていたのに相違ございませぬ」

「河岸《かし》で働く連中が、異国の瓶を持って歩いてるってのかい。考えにくいぜ」

「いいえ、あり得ますよ」

卯之吉が答えた。

「江戸の回船は長崎まで一気に海を渡りますからねぇ。蝦夷地《えぞち》に向かう船も数多《あまた》ございますよ。長崎では南蛮人や紅毛人《こうもうじん》の、蝦夷地では露西亜《ロシア》国の産物が商いされていますからね。船で働くお人たちがグラスの空瓶を手に入れることは、おおいにあり得ますよ」

「こちらの若旦那様の仰《おっしゃ》るとおりにございます」

新左衛門は救われたような顔をした。それから早口で言い添えた。

「グラスの瓶の中に入っている物こそが売り物でございまして。飲んだり使ったりして中身のなくなった瓶は、そこいらに捨てられまする」

「唐物《からもの》商いってのは、贅沢《ぜいたく》な真似をしやがるな」

もしもここに三国屋徳右衛門がいたら、空瓶を拾い集めて、なにか大商いを考えついたであろうけれども、尾上には商いへの関心がない。卯之吉はもっと商売に関心がなかった。

尾上はグラス瓶にも関心をなくした様子だ。

「そいつは河岸の男衆が忘れていった物《もん》だってことでいいんだな」

「左様にございます」

卯之吉がここで嘴を挟《はさ》んでくる。

「この蔵に最後に荷を運び入れたのは、いつのことだえ？」

新左衛門は不満そうな顔をした。

「なにゆえ若旦那様に詮議をされなければならぬのでしょう」

「いいから答えろよ」と言ったのは尾上だ。

新左衛門は情けない顔をした。

「なんだかお役人様のお二人に挟まれて詮議されているような心地《ここち》ですよ」

「おう。なかなか鋭い見立てだな。それで、いつなんだい」

新左衛門は、尾上に向かって答えた。

「火の出たその日にございます。つまりは昨日。八ツ半（午後三時ごろ）に荷を運び終えまして、七ツ（午後四時ごろ）に扉を閉ざしました」

「蔵の中は暑かったかい」

卯之吉に問われて、新左衛門は（何故《なにゆえ》そんなことを訊かれるのか）という顔をした。だが、素直に答える。

「もちろん夏の盛りでございましたから。暑かったですよ。しかしながら蔵の中は、表よりはずっと涼しゅうございますよ」

分厚い壁と瓦屋根が陽光の熱を撥《は》ね返すからだ。

「そうだろうね」

卯之吉はそれきり関心を失くした——という顔をした。

新左衛門は、さも忌《い》ま忌《い》ましげにグラス瓶を見た。

「こんな汚らしい古物《ふるもの》を蔵の中に落としていくなんて。とんでもない話だ。これこれ、誰かいないかい」

蔵の外に声を掛ける。

「へい、旦那様」

丁稚《でっち》小僧が顔を覗かせた。新左衛門は小僧に命じた。

「この塵《ちり》を掃いて、捨ててきておくれ」

「へぇい」

小僧は箒《ほうき》と塵取りを取りに走った。

新左衛門は尾上に向かって低頭した。

「こたびのご検使、まことにもって恐縮至極に存じ上げまする。ささやかながら、膳を用意させて頂きました。是非とも、座敷にお上がりくださいませ」

「おう、そうか。面倒かけるな」

尾上はチラッと卯之吉を見た。卯之吉も南町奉行所の同心。しかし今は隠密廻で若旦那のふりをしている——というふうに尾上の頭では理解されている。同心ならば相模屋新左衛門の馳走《ちそう》を受けるべきだし、若旦那なら尾上と同席するのはおかしい。

卯之吉は、

「あたしはお暇《いとま》しますよ」

そう言った。尾上は、

（こいつ、意外にも自分の役儀を飲みこんでるじゃねぇか）

と、いささか見直す気分になった。

「それでは尾上様、どうぞこちらへ。若旦那様も火事場見舞いをお届けくださいまして、まことにありがとうございました」

「うん。それじゃあね」

卯之吉はヒョコヒョコとした足取りで、どこかへ去っていった。

新左衛門は疲れ切った顔つきだ。

「……変わった御方でございますなぁ」

「おう。アイツと三国屋徳右衛門には、こっちも振り回されっぱなしだぜ」

尾上と新左衛門は、蔵の前を離れて、母屋の座敷に入った。

四

卯之吉はヒョコヒョコと南町奉行所に戻ってきた。

奉行所内は殺気立っていたが、慌ただしげな同心たちには目もくれず、書物蔵に入った。

それから四半時（約三十分）ばかりの後、内与力の沢田彦太郎が書物蔵にやってきた。そして戸を開けるなり、「ひい〜っ」と悲鳴をあげた。

書物蔵の棚には、南町奉行所の役儀に関わる記録や判物《はんもつ》（行政書類）、お調べ書きなどが収められている。きちんと整理整頓されて書札《かきふだ》が貼られ、すぐに参照できるようになっている。

それらの棚が、まるで大地震の後のように目茶苦茶になっている。無造作に取り出された帳簿や書類が床いっぱいに散らばっていたのだ。

「なんじゃあ、これは！」

沢田は目を剝《む》いた。

沢田は、とかく几帳面《きちようめん》で神経質な男である。縦の物が斜めになっているだけでも辛抱できない。なんでもかんでも四角四面になっていなければ気が済まないのだ。その沢田の気性に合わせて綺麗に整頓されていたはずの書物蔵が、足の踏み場もないほどに荒らされている。

「これはこれは沢田様」

卯之吉が書棚の陰から顔を出した。

あちらに目を通しては放り出し、こちらに目を通しては放り出し、を繰り返している。床に散らばった帳簿や書類は、こうして投げ捨てられた物だったのだ。

「何をしておるのじゃあ〜ッ」

沢田は激昂《げっこう》した。

卯之吉は邪気のない笑顔で答えた。

「先日来の、蔵の火付けの件についてのお調べ書きを読みたいんですがね。どこにあるんでしょうねぇ」

沢田はズカズカと踏み込んできて、即座にひとつの棚から調べ書きを摑み出した。

「これじゃ！　これ！」

「ああ、これこれ」

卯之吉はパラパラと捲《めく》りながら目を通すと、「ふむふむ」と頷きながら出て行こうとした。

「ちょっと待て！」

沢田が立ちふさがって、床一面に散らばった帳簿や書類を指差した。

「これをなんとする気じゃ！」

「ああ、それなら……」

卯之吉は、さも当然という顔で、

「銀八にでも、片づけさせておいてください」

そう言って、出ていってしまった。

金持ちのお坊っちゃまは、身の回りのことはなんでも誰かにやらせる。やってくれる。それが当たり前だと思っている。

一方の沢田は、常に自分で整理整頓して、どこに何があるのかが自分でわかるようにしておかないと気が済まない。

「おのれ〜ッ、八巻〜ッ」

今にも泡を吹いて失神しそうな顔をした。


卯之吉は町人姿となって、ヒョコヒョコと江戸の町中を歩いていった。ふと、目をあげて、薬種問屋の軒看板に目を止めると、

「御免なさいよ」

暖簾を払って店に入った。接客に出てきた番頭に、

「砂糖はあるかね」

と、いきなり訊ねた。

番頭は接客用の笑顔で頷いた。

「もちろんございますとも。いかほどお入り用で？」

「あんたのところの商いが成り立つほどには、あるのかねぇ」

番頭は不可解そうに首を傾げた。

「それは、どういったお尋ねでしょう」

「いやさ、江戸中の菓子屋が、砂糖が足りなくて商いに困ってるというじゃないか。それなら薬種問屋さんはどうなのかな、と思ってね」

砂糖は、かつては薬として輸入されていた。滋養強壮の妙薬である。今でも薬種問屋で薬として商いされている。

お店者《たなもの》は眉根を寄せて声をひそめた。

「確かに、ここ数日来の異様な高値で、仕入れにも窮している有り様ですけれども」

「ああ、そうかね」

「それで、いかほどお求めで？」

「黒糖は、一斤《きん》で、いくらかねぇ」

「銀二十四匁《もんめ》でございます」

売値を聞かされて、卯之吉はびっくりした。

「そんなに高いの？」

もちろん、払えないから、驚いたわけではない。常識はずれの高値だったから驚いたのだ。

砂糖一斤（六百グラム）の値は銀四匁前後が相場だ。つまり今の砂糖の値は、通常の五倍に膨れ上がっている。ちなみに砂糖は輸入品なので、当時の国際通貨である銀で取引される。

「いったい何が起こったら、そんなにまで値があがるのかね」

「手前どもにもさっぱりわかりませぬよ。江戸中の砂糖が底を払っておりますのでね。……ところでどうなさいます。買うんですか、買わないんですか」

卯之吉は小判を取り出した。

「両替してもらえるかね」

番頭は一転して、ほくほく顔となった。

「もちろんでございます」

「黒糖は、お大名の田中伊予守様のお屋敷にいるはずの、餡子山関のところに届けておくれ。腕を縫い合わせた者からだ、と言ってくれればわかるから」

「お大名屋敷でございますね」

お店者の態度がますます恭《うやうや》しくなった。

「確かにお届けに上がりまする」

「頼んだよ」

卯之吉は表に出た。

「餡子山関も、砂糖を舐《な》めていれば、お怪我の治りも早いだろうさ」

そう言うと、またヒョコヒョコと歩き出した。

夏の天気は変わりやすい。遠くから真っ黒な雨雲が近づいてきた。

「若旦那、雨になるでげすよ。帰りましょう」

銀八が青い顔でそう言った。雷が大嫌いなのだ。

五

夕立が激しく屋根板を叩いている。流れ落ちた雨水が路上に水たまりを作った。水たまりでも雨粒が撥ねている。江戸の町中が雨煙りの中に包まれていた。

一面の泥だらけとなった路上を踏んで、銀公が走ってきた。

障子戸を開けて、あばら家に駆け込む。このあばら家も盗《ぬす》っ人《と》たちの隠れ宿として使われていた。今は、誰の姿もない。盗っ人たちは皆、八巻を恐れて江戸を離れていた。

　真っ暗な雨雲が空を覆っている。あばら家の中はいっそう暗い。銀公は奥の闇に向かって囁きかけた。

「竹ちゃん、飯を買ってきたよ」

　懐に入れてきた竹皮の包みを板敷きに置く。すると奥座敷の仕切りの陰から竹次郎が姿を現わした。用心深そうな目で戸口を見ている。

「誰にも追《つ》けられなかったろうな」

「大丈夫だと思うよ」

　銀公は雨除けの蓑《みの》と笠を戸口の横に吊るした。

「だけどさ、お役人の検めが厳しいんだ。目明かしを連れて町中を回っている。こっちは呼び止められないように用心しながら歩かなくちゃならないんだけど、それが大変だったよ」

「そうだろうな」

　竹次郎は竹皮の包みを取った。中身はいなり寿司であった。屋台で買って来たのであろう。

　銀公は、盗っ人の仲間だとは思いがたいほどに朴訥《ぼくとつ》とした顔をしている。大きな身体《からだ》も商家や河岸で荷を運ぶ日傭取《ひようと》りにしか見えなかった。というより、そちらの仕事に向いている男なのだ。

竹次郎は銀公が床に上がってくるのを待たずに、ムシャムシャと食べだした。

銀公も床の上に大あぐらをかき、懐の中から竹皮包みを出して食う。

「あったけえ飯が食いたいよなあ」

このあばら家では飯が炊けない。湯も沸かすことができない。竈《かまど》の煙で、ここに人がいることに気づかれてしまうからだ。

屋台や流し売りから買った物ばかりを食っている。夏場であるので飯は酢で〆てあった。酢飯はいい加減に食い飽きた。炊きたての白米が恋しくてならない。

竹次郎は銀公の嘆き節など聞いてはいない。いなり寿司を齧《かじ》りつつ、膝前の床に目を落としている。

「何を見ているんだい」

銀公が覗きこむ。床には帳簿が広げられていた。芝の大名屋敷から盗んできた物だ。

竹次郎は開いた帳簿を睨みつけている。無言で考え込んでから、銀公に目を向けた。

「お前、こんな字を、見たことがあるかい」

銀公は呑気《のんき》な顔で答えた。

「オイラは字が読めねぇから」

帳簿に目を向けようともしない。

竹次郎は腕を組んで唸《うな》った。

「買い食いしようにも銭がそろそろ尽きる。なんとかして大金を手に入れなくちゃならねぇわけだが……」

「こうもお役人の見張りが厳しいんじゃ、盗み働きはできないよ」

「そうだよな」

やっぱりしばらく江戸を離れようか、とも思った。思ったのだけれども、江戸を離れるのにも銭がかかる。

悪党が悪党として生きて行くには、常に誰かの手を借りなければならなかった。隠れ家を用意してくれたり、贋《にせ》の手形（身分証明書）を偽造してくれる人物に助けてもらって、役人が張った捕縛の網をかいくぐることができるのだ。

隠れ家の主や、手形偽造の職人は、悪党たちの足元を見て、大金を要求してくる。金もないのに頼って行ったりしたら、こっそりと岡っ引きに指されて（通報されて）しまうのが関の山だ。

隠れ家のあてや偽造手形もなく街道を旅するのは「捕まえてください」と言っているようなものだ。竹次郎と銀公は、まったく身動きできなくなってしまったのである。

竹次郎は黙考している。雨は板屋根を騒々しく叩いている。銀公は腹が満たされて眠くなったのか、大口を開けて欠伸《あくび》をした。

竹次郎は帳簿を閉じた。

（何が書かれているのかわからねぇ。だがこいつは絶対《ぜってぇ》にお値打ち物なんだ）

大事にしまわれていたのだし、偉そうな殿様が「必ず取り返せ」と命じていた。

（こいつを銭に換えられねぇもんだろうか）

この帳簿の値打ちを知っている者に売りつけたい。

（いちばん手っ取り早いのは、元の持ち主だけどよ……）

大名屋敷に繋《つな》ぎをつけて「買い戻せ」と交渉するのは難しい。なにしろ相手は何千人もの家臣団を引き連れて江戸に参勤して来た大大名なのだ。刀を持った何千人もの侍から逃げきれるとは思えなかった。

（こいつの値打ちを見抜くことができて、かつ、大金を持っていそうな奴《やつ》がいてくれればなぁ）

竹次郎も銀公も貧しい家の子だ。そんな知識人や金持ちに知り合いはいない。

諦めかけたその時、竹次郎はハッと思いついた。

「そうだ！」

半分居眠りしていた銀公が、驚いて顔を向けてきた。

「えっ、何。急に大声を出したりして」

「あいつがいるだろうよ！　品川で俺たちを助けてくれた放蕩者が！」

「なんのこと」

竹次郎は銀公は無視して記憶を手繰《たぐ》った。

（確かあいつは、卯之さんって呼ばれてた）

江戸の遊里では知らぬ者のいない、大通人《だいつうじん》であるらしい。

粋な遊びをするためには豊かな教養が必要だ。粋人《すいじん》ならば、この面妖《めんよう》な文字も読み下すことができるだろうし、値打ちを理解することもできるだろう。

（野郎は金を持ってる）

散財の凄《すさ》まじさは、目にしたとおりだ。

（よし、決めたぜ。こいつは野郎に売りつける）

決意すると竹次郎は立ち上がった。

「どこへ行くんだい。外は酷い雨だよ」

それならますます都合が良い。市中を見回る役人たちも、いったん雨宿りをしているることだろう。その隙に道を走り抜ければよい。

（野郎を見つけ出すんだ）

手掛かりは遊里。毎日夜通し遊んでいると言っていた。目印となるのは三味線や鳴り物の音だ。

（野郎は、とにかく賑やかなのが好きだからな）

すぐに見つかるに違いない。竹次郎は、己の頭の良さに満足した。

第五章　江戸に迫る危機

一

翌日の昼過ぎ、一目で漁師とわかる恰好《かっこう》の、よく日に焼けた顔をした男たちが大勢で南町奉行所に押し寄せてきた。門の前で人だかりをなしている。

町奉行は元々は大名が就任する役目であった。町奉行所も江戸城内の譜代《ふだい》大名の屋敷が建ち並ぶ一角に置かれている。そこへ漁師たちが押し寄せてきたのだ。

町奉行所の門番たちはいささか慌てた。

「何用あっての推参《すいさん》か」

質《ただ》すと、羽織袴《はかま》姿の網元が、

「嘆願をお聞き届け願いたく、参じたのでございます」

と答えた。

「嘆願ならば慈悲をもって聞く。表門より入るがよい！」

門扉《もんぴ》が大きく開けられる。漁師たちはゾロゾロと奉行所内に入った。

町奉行所の与力や同心たちは正門を通ることが許されない。脇の耳門《じもん》から出入りする。ところが江戸の町人たちは正門を通ることができるのだ。町奉行所が町人のための役所だからである。

「なんの騒ぎですかねぇ」

卯之吉は門の外で欠伸《あくび》を嚙み殺しながら言った。

「これじゃあ中に入れませんよ」

漁師たちが集まっているのだ。

門番に向かって手招きをする。

「なにが起こってるんですかねぇ」

寄ってきた門番の袖に二朱金を挿し入れながら訊《たず》ねた。町人として育った卯之吉は、役人に物を訊ねる際には、きちんと袖の下を渡すのである。

門番は、（八巻ノ旦那は変わったお人だなぁ）と思ったが、これは小遣いなの

だと考えて、

「何よりの物を頂戴しました」

と礼を言ってから、漁師たちに横目を向けつつ答えた。

「佃島《つくだじま》の漁師たちですよ。佃煮が作れねぇってんで、泣きついて来やした」

「佃煮。ああ、砂糖が足りないからだね」

「お察しのとおりでございまさぁ」

「そりゃあ大変だねぇ」

「まったくですよ。佃島は離れ小島ですからね。海が時化《しけ》ると、食う物が手に入らなくなります」

「どうして？　周りは海なんだから魚を獲ればいいのに」

門番は卯之吉が冗談を言ったのだと思った。嵐の日には漁にも出られない。そんなことは常識だ。砂糖漬けにした佃煮ぐらいしか、食べる物がなくなってしまうのである。

佃島の漁師たちは、自分たちが生きるために工夫した佃煮という保存食を、江戸中で惣菜《そうざい》として売り捌《さば》いて現金収入にもしていたわけだが、とにもかくにも砂糖がないと佃煮を作ることができない。

「なるほど、佃島の人たちにとっては命懸けだねぇ」

「騒いでいるのは佃島の連中だけじゃねぇんですぜ。江戸中がなんだか不穏な雲行きだ。打ち壊しでも起こらなきゃいいんですがね」

町人による一揆《いっき》のことを、江戸では〝打ち壊し〟と呼んでいた。

「大変だねぇ」

ひとつも深刻さを感じさせない顔つきで、卯之吉は欠伸を漏らした。


嘆願に押し寄せてきた漁師たちの騒動は、浅草橋にある酒井信濃守の中屋敷にまで伝わってきた。

信濃守は御殿の縁側に立って、塀の外から聞こえる喧騒に耳を澄ませている。座敷には客として来訪中の道舶老人が座っていた。

「夏の盛りの猛暑じゃ。砂糖がなくば、江戸中の食い物が腐りだす」

道舶は人が悪そうに嘲笑《ちょうしょう》した。

「団子に砂糖をまぶすのも、饅頭《まんじゅう》に餡《あん》を入れるのも、団子や饅頭を腐らせないための工夫だ。団子や饅頭まで腐りだそうぞ。いやはや。大変なことになったものだ」

信濃守は座敷に戻り、道船と向かい合って座った。

「漁師や町人たちは、砂糖の値を元に戻すようにとの嘆願を寄せて参ったようじゃ。だが、値をつけるのは商人だ。町奉行所をもってしても、売値の扱いはなかなかに難しい」

八代将軍吉宗《よしむね》は米価の安定のために豪腕を振るったが、結局、商業を制御することには失敗した。幕府の力をもってしても物価を操ることはできなかった。

道船は含み笑いを漏らした。

「砂糖会所に砂糖がなくば、値が上がるのは当然のことでござろうな。嘆願が叶《かな》わなくば、地下人《じげにん》（庶民）たちは暴れ出し、江戸の商家の打ち壊しを始めるでござろう」

「笑ってなどはおられぬ」

「いいや、笑って高みの見物を決め込んでおればよかろう。砂糖の品不足と値上がりは、町奉行所と、筆頭老中の本多出雲守の失態。我らにとっては、なによりの僥倖《ぎょうこう》。江戸で打ち壊しが起これば、本多出雲守の面目《めんぼく》も丸潰れ。為政者としての力量を問われることとなろう。もうすぐでござるぞ信濃守殿。間もなく出雲守めを追い落とすことができよう」

「だが、江戸の町と町人の暮らしが損なわれるのは、困る」

出雲守に代わって信濃守が政権を握ったとしても、そこにあるのが破壊された江戸の町では、美味《おい》しい話にはならない。

「江戸の町人の暮らしを、旧に復する策はあるのか」

「問われるまでもない。申すまでもなきこと。我ら島津が、抜け荷で取り寄せた砂糖が、新潟湊の蔵に山積みとなってござるわい」

町奉行所と本多出雲守を散々悩ませた後で、大量の砂糖を市中に放出する。砂糖の値は上がりきっている。通常の五倍の儲《もう》けが期待できる。

「儲けた金は、貴公に分ける約束じゃ。貴公は、大奥にでも、幕閣にでも、好きなだけばらまいて、味方を募られるがよろしかろう。かくして貴公は筆頭老中じゃ」

「うむ」

酒井信濃守は〝毒を食らわば皿まで〟の心地《ここち》で頷《うなず》いた。

本多出雲守という毒は、島津道舶という毒をもってせねば、制することはできない。

「抜け荷の詮議《せんぎ》は、目溢《めこぼ》しをさせよう。新潟湊をお好きなように差配なさるがよかろう」

「かたじけない」

道舶は牙のような犬歯《けんし》を剝《む》き出しにして笑った。

由利之丞は大川端の土手にしゃがみこんで、ぼんやりと川面《かわも》を眺めていた。

「腹が減ったなぁ……」

空腹すぎて力が湧《わ》いてこない。

懐《ふところ》には銭もない。由利之丞は売れない歌舞伎役者だ。貌《かお》も立ち姿も整っているのだけれど、芝居や踊りは酷《ひど》いものであった。

売れない役者は、看板役者の背後で賑やかしに踊ったり、荒事《あらごと》の立ち回りをするのが役割だが、「お前は下手すぎて、かえって客の目を引いてしまう。俺と同じ舞台には立たせられねぇ」などと言われてしまう始末であった。

役者が舞台に立てないのでは、銭が懐に入るはずもない。由利之丞はいつも貧乏だ。

「若旦那のところに顔を出そうかな……」

公領では卯之吉のために働いた。卯之吉は金に頓着《とんちやく》しない性格だから、由利之丞に褒美《ほうび》を出すことをすっかり忘れている。しかし悪気はないのである。こちらから無心すれば、いくらでも褒美を出してくれるだろう。

「だけど、オイラだけじゃもう、若旦那のお役には立てないしなぁ……」

凄腕《すごうで》剣客の水谷弥五郎と組んでいてこその由利之丞だ。由利之丞ひとりでは悪党どもに立ち向かうことはできない。返り討ちにされて殺されるのが目に見えている。そういう理由で卯之吉とはもう、関わり合いを持ちたくない。

「弥五さん、なんで死んじまったんだよ」

ため息をついてうなだれる。これからどうやって生きて行けばいいものやら。

絶望感が押し寄せてきた。

「大川に飛び込んで、一思《ひとおも》いに死んじまうのもいいかもなぁ。いっそのことせいせいするよ」

などと呟《つぶや》いていた、その時であった。大川の堤に沿って、大勢の群衆が押し出してきた。

「おいおい、なんだよ。打ち壊しか」

公領では生き神様を崇《あが》める宗教一揆を鎮めたばかりだというのに。

「一難去って、また一難だなぁ。ま……どうでもいいけど」

どうでもいいのだけれども、

「おいおい、あいつら、こっちに押し出して来やがるじゃねぇか」

鉦《かね》や太鼓を鳴らしたり、大声で気勢をあげたりしている。一揆の集団の恐ろしさは見てきたばかりだ。あんな集団に巻き込まれて、揉《も》みくちゃにされたなら、命にだって障《さわ》りが出る。

由利之丞も「死んでしまいたい」などと言っていられなくなった。

「逃げなくちゃ」

立ち上がって走りだしたところ、前からも打ち壊しの集団がやって来るではないか。挟《はさ》み撃ちだ。

「ひえ〜っ！」

川沿いに逃げまどう由利之丞に、

「お〜い。そこで何をしている」

声を掛けてきた者がいた。見れば、大川に舟を浮かべて男が竿《さお》を握っている。

「お助けッ」

由利之丞は川面に飛び込んだ。無我夢中で水をかいて舟に泳ぎ寄った。

「しっかりしろ」

太い腕で襟を摑《つか》まれ、船端《ふなばた》に引っ張りあげられた。

「やっぱり由利之丞ではないか。陰間茶屋《かげまぢゃや》の親仁《おやじ》に、大川端にいると聞いて来たのだぞ」

「えっ……？」

由利之丞は、顔にかかった水を両手で払って、目を瞬《また》かせた。

「や、弥五さんッ？」

「なんだ。まるで幽霊でも見たような顔をして」

水谷弥五郎はカラカラと笑った。

「そうか。このわしは、崖から落ちて死んだと思われていたのだな！」

「弥五さん！」

由利之丞が弥五郎の首っ玉に飛びつく。

「うわっ、馬鹿ッ」

安定性の悪い小舟の上だ。弥五郎の鍛えられた足腰でも、舟全体が傾いたのではたまらない。二人揃ってザブーンと川面に転落した。

舟にはもう一人、商人姿の男が乗っていた。

「水谷様ッ」

弥五郎たちを救いたいけれども、その商人は舟から落ちぬように、船端にしがみつくので必死だ。

「おぅい、竿を伸ばしてくれぃ」

弥五郎が川に流されながら叫んだ。

二

打ち壊しの報《しら》せは江戸城の本丸御殿にも届けられ、柳営に深刻な影響を及ぼしつつあった。

御殿には大名の他にも、諸役を命じられた旗本や御家人たちが詰めている。重役たちからの諮問《しもん》を受けたり、報告を上げるために、大勢が足早に畳廊下を行き来していた。廊下の交通を捌く役目のお城坊主が疲労で倒れてしまうほどの騒がしさだ。

打ち壊しは、徳川家の領民が徳川家の治世に異議を叩きつける行為である。公儀の面目を毀損《きそん》する事案だ。

公儀は暴力をもって民衆を押さえつけることはできない。そんなことをしたら民意が離れる。民意が離れれば将軍といえども安泰ではない。織田《おだ》家や豊臣《とよとみ》家は、民衆の支持を失ったからこそ、孤立無援となって衰亡した。先例に学ぶ徳川家は、民衆の支持を失うことを恐れていた。

筆頭老中、本多出雲守の上屋敷《かみやしき》は江戸城内の曲輪《くるわ》に置かれている。出雲守は表御殿の書院に入った。

書院では三国屋徳右衛門が待っていた。出雲守の足音に気づいて平伏する。出雲守は床ノ間を背にして座るなり、諮問した。

「打ち壊しは、避けられぬ様相か」

町人のことは町人の大立者《おおだてもの》に質すのが手っ取り早いし、情報も正確だ。出雲守は汚職政治家だったが、政治の勘だけは一流である。

三国屋徳右衛門は「ハッ」と平伏して、しかし、幕閣がいちばん聞きたくもないであろうことを、隠さずに答申した。

「十分な量の砂糖を市中に流通させて、値を下げぬかぎり、下々《しもじも》の憤懣《ふんまん》は収まりませぬ」

出雲守はガマガエルに似た顔をしかめた。

「なにゆえ砂糖が出回らぬのだ。なにゆえこうまで値を上げておるのじゃ」

「江戸中の砂糖が消え失《う》せておることは、疑いございませぬ」

「なにゆえの品不足じゃ」

「見当もつきませぬ」

「調べよ」

「すでに調べに取りかかっております。一両日中には、ご報告にあがることができようかと」

出雲守は腹中に溜《た》まった怒りを鼻息とともに吹き出した。

「またぞろ、このわしに責めを負わせようという動きが出ておる。おおかた信濃守の策謀であろうが……、ええい、忌《い》ま忌《い》ましい」

「天下の政《まつりごと》を与《あずか》る出雲守のご辛労、いかばかりかと拝察つかまつりまする」

「上様が信濃守の悪口《あっこう》に心動かされるより先に、事を鎮めねばならぬ。頼んだぞ、三国屋」

「手前ども三国屋は出雲守様と一蓮托生《いちれんたくしょう》。必ずや、務めを果たしてご覧に入れまする」

徳右衛門は平伏して答えた。

「おや。これは水谷様。どうぞ。お上がりください」

八丁堀にある八巻家の同心屋敷。台所に出てきた卯之吉は、三和土《たたき》に立つ水谷弥五郎を見て座敷に誘《いざな》った。

由利之丞と銀八、美鈴は愕然《がくぜん》としている。

「若旦那、水谷の旦那ですよ……？」

銀八がおそるおそるそう言うと、卯之吉は「プッ」と吹き出した。

「見ればわかるよ」

水谷弥五郎はカラカラと高笑いした。

「八巻氏《うじ》だけは、このわしが生きておることを確信しておったようだな。さすがは八巻氏だ」

銀八と美鈴は水谷の来訪に激しく驚いていたのだ。銀八などは、幽霊だと勘違いして腰を抜かしたほどであった。

卯之吉は微笑《ほほえ》んだ。

「そりゃあ、水谷様が、崖から落ちたぐらいで死ぬはずがないですもの」

「いいえ。普通は死ぬでげす」

銀八は、弥五郎の強靭《きょうじん》すぎる肉体と悪運、それと卯之吉の非常識に呆《あき》れるやら、感心するやらした。

「せっかくだが八巻氏。わしと由利之丞の身体《からだ》は、わけあってずぶ濡れでな。この恰好では畳を濡らしてしまう」

由利之丞が愛らしい唇を尖《とが》らせた。

「打ち壊しの衆が川向こうに集まっていて、オイラたちの塒《ねぐら》には近づけないんだ。着替えもできやしないよ」

「それは困りましたねぇ。ところで、そちらの御方はどちら様?」

水谷が連れてきた旅姿の商人に目をとめる。

水谷は「聞いて驚くなよ」と、人の悪そうな笑みを浮かべた。

「この男の名は市太郎《いちたろう》。新潟湊の回船大問屋、但馬屋《たじまや》の手代だ」

どうだ、驚け! という顔をした。

しかし卯之吉は柳に風の涼しい顔で、

「左様《さよう》でございますか。遠いところをよくぞお越しで。美鈴様、お茶を出して差し上げて」

などと言った。

今度は水谷が愕然となった。

「驚かぬのか」

「驚きませんけれど、どうして驚かないといけないんですかね？」

「新潟湊の但馬屋の市太郎だぞ。上州で、同じ身許《みもと》と名前の男が、背中を斬られてお主の治療を受けたであろうが」

由利之丞が「あの刺客だよ」と付け加えた。

「ああ、あのお人」

ようやく思い出した、という顔を卯之吉はした。実際にようやく思い出したのだろう。

「つまりあの曲者《くせもの》は、あなた様のお名前を使って悪事を働こうとした、ということですね。それはとんだご災難でしたねえ」

「手前も驚きました」

市太郎は折り目正しく低頭した。

「八巻様のお働きで、手前の名を騙《かた》る悪党を討ち取ってくださったと伺《うかが》いました。手前に着せられそうになった濡《ぬ》れ衣《ぎぬ》を晴らしていただきまして、なんと御礼を申し上げればよいものやら」

「いやいや。それは美鈴様が――」

卯之吉が笑顔で〝本当のこと〟を喋《しゃべ》りそうになったので、慌てて銀八が割って入った。

「う、うちの若旦那は、江戸一番の剣客同心だとのご評判でげすから、それぐらいは朝飯前の、晩酌後でございますでげす！」

市太郎はますます感心している。

「八巻様のお噂は、遠く新潟湊にまで轟《とどろ》いておりまする。南北町奉行所一の同心様で、剣のお腕前は、お大名様の剣術御指南役をも凌《しの》ぐ、と……」

市太郎は畏敬《いけい》の籠《こ》もった目を卯之吉に向けた。生きた伝説を目の当たりにした感動に包まれている。

「八巻様のお先手の水谷様にも命を助けられ……。重ね重ねのお力添えに感謝の言葉もございませぬ。このご恩は、言葉では決して言い尽くせませぬ」

「まあまあ。お止《よ》しください」

卯之吉は感謝されるのが苦手だ。自分のことをろくでもない放蕩《ほうとう》者だと自覚しているし、第一、市太郎の贋物《にせもの》を討ち取ったのは美鈴で、この市太郎を助けたのは水谷だ。自分が礼を言われる筋合いはないと思っている。

「せっかくお江戸に出て来られたんですから、そうだ！　吉原にご案内いたしましょう。銀八、手配りを頼んだよ」

どうしてそういう話になるのか。水谷と由利之丞と美鈴は茫然《ぼうぜん》としている。銀八は、

（若旦那は、言い出したら聞かないでげす）

と諦め顔だ。


卯之吉たち一行が吉原に着くより前に、吉原に到着した男たちがいた。

吉原の大門《おおもん》は開いていたが、仲《なか》ノ町《ちょう》の人通りは少ない。

「吉原ってのは、あんがいに寂《さび》れたところなんだな」

竹次郎は意外の感に打たれて首を傾《かし》げている。

いつでも素寒貧《すかんぴん》の竹次郎は、吉原に足を向けたことがなかった。籬《まがき》を覗《のぞ》いたところで登楼できるわけもなく、それでは惨《みじ》めな思いをするだけだと知っていたからだ。

「だけどよ。親分さんや兄ィたちの話じゃあ、三国一の賑わいだって、聞いたけどな」

悪党の大物たちの自慢話とは大きく異なる光景だ。人影もまばらな通りには、

風が吹き抜けているばかりであった。

もちろん、この寂れぶりには理由がある。江戸の町で打ち壊しが始まりそうだからだ。豊かな商人たちは自分の店を守らなければならない。遊興どころではなかったのである。

銀公も不本意そうな顔をした。

「どうする竹ちゃん。出直そうか」

竹次郎は「いや」と首を横に振った。

「せっかくここまで来たんだ。探すだけは探してみようぜ」

椀飯振舞《おうばんぶるまい》の放蕩者の姿を求めて、二人は吉原に踏み込んだ。

大門を挟むようにして番所と会所が建っていた。番所には町奉行所の吉原同心が詰めている。会所には〝四郎兵衛会所〟という吉原の自警団が詰めていた。どちらも鋭い眼を光らせて、出入りする者たちを見張っていた。

竹次郎も銀公も悪党の一味だ。どうしても緊張し、顔色も変わってしまう。

「落ちつけ。大丈夫だ」

竹次郎が銀公に囁《ささや》きかけた。

田舎者や貧乏人が初めて吉原に来た時には、誰だって緊張し、挙動がおかしくなる。案の定、二人は遊び慣れない田舎者だと判断されたらしく、無事に門を通ることができた。

四方の塀によって囲われた吉原は広い。縦方向に百三十五間（約二百四十四メートル）、横方向に百八十間（約三百二十六メートル）、面積はおよそ二万坪（六万六千平方メートル）。大名屋敷が二つか三つ、すっぽりと入る大きさだ。

ともあれ、騒々しい鳴り物を求めて二人は歩いた。

吉原は碁盤《ごばん》の目のように四角四面に区切られている。細い路地もあれば広い通りもある。何度も角を曲がっているうちに、方向感覚がなくなってしまった。どこに目を向けても似たような造りの遊廓ばかりが建っている。二人はすっかり道に迷ってしまった。

「あの若旦那を見つけ出すどころか、さっきの門まで戻ることすらできそうにねぇぞ」

竹次郎は舌打ちした。吉原の出入り口は大門だけだ、ということぐらいは、聞かされて知っている。大門の場所がわからないのでは帰ることすらできない。

（弱っちまったなぁ）

表情を曇らせる。

「竹ちゃん、オイラぁ腹が減ったよ」

遊廓からは美味《うま》そうな料理の匂いが漂ってくる。屋台や流し売りもこれ見よがしに商いをしていた。

しかし二人は小銭にも事欠いている。

「辛抱しろ。この帳簿を売りつけたなら、いくらでも買い食いできるからよぅ」

若旦那を探し出さなければ話は進まない。竹次郎は路地を出て、大きな通りに踏み出した。

その時であった。

「あっ、わいは！」

殺気立った声で怒鳴りつけられた。

侍が立っている。竹次郎は漁育ちだ。咄嗟《とっさ》に低頭した。

「とんだご無礼をしやした」

なにゆえ怒鳴られたのかはわからなかったが、とりあえず詫《わ》びる。それが庶民の生き方だ。

侍はますます血相を変えて詰め寄ってきた。

「あン時ン曲者じゃッ。探し求めた曲者ごたるぞ！」

竹次郎は即座に察した。

(芝の大名屋敷の侍かッ)

宿直《とのい》の武士に顔を見られていたのである。

身を翻《ひるがえ》して走りだす。

「銀公ッ、逃げろ！」

銀公も弾《はじ》けるように駆けだした。

「逃げろって……どこへ！」

わからない。わからないけれども逃げなければならない。二人は北も南もわからぬ吉原を走った。

「なんだッ、喧嘩《けんか》か」

四郎兵衛会所の看板（法被《はっぴ》）を着けた若い者たちも駆けつけてきた。竹次郎と銀公の前に立ちふさがる。

「中《なか》での喧嘩は御法度だぞ！」

中とは吉原の異称である。竹次郎と銀公は逃げ道を塞がれて蹈鞴《たたら》を踏んだ。

(しまった！）と思ったその時、会所の男衆の一人が、「あッ」と叫んで指を差した。

「あの武サ公め、抜いていやがる！」

何を抜いているのかといえば刀である。吉原では抜刀どころか、刀の持ち込みも許されない。大門の外の茶屋に預ける仕来《しきた》りとなっている。

「田舎侍めッ、こっそり刀を持ち込みやがったな！」

江戸の町で抜刀することとは、将軍家に対する敵意と見做《みな》された。大罪である。吉原は官許遊里だ。名義は幕府の直営である。経営の肩代わりを吉原惣代《そうだい》や四郎兵衛会所が務めているのだ。男衆には（俺たちは上様に雇われた者だ）という矜持《きょうじ》がある。

「田舎侍の抜刀を見逃しにしたら上様に申し訳が立たねぇ！　野郎どもッ、田舎侍から刀を取り上げろ！」

集まってきた男衆たちが「おうっ」と答えた。もはや、竹次郎と銀公などどうでもいい。島津家の藩士に向かって、六尺棒を構えて突っ込んでいった。

「竹ちゃん、どうする……ッ」

「ひとまず逃げろッ」

放蕩者の若旦那を探すどころではない。二人は大門を目指した。大門脇の会所から男衆が走ってくるので、逆に走ればよかった。

他にも逃げだす客がいる。騒ぎに紛れて二人は無事に大門を抜けることができた。

「竹ちゃん、どこへ逃げようか」

「どっちでもいいッ」

もともと江戸に土地勘のある二人ではない。

衣紋坂《えもんざか》を抜け、日本堤へ走った。普段は遊び人でごった返している日本堤も山《さん》谷堀《やぼり》も、打ち壊しの危機が迫っているために人影が少ない。そもそも吉原の周辺は〝浅草田圃《たんぼ》〟と呼ばれたほどの僻地《へきち》だ。寂しい農地が広がるばかりだ。

と、その時、堤の上でこちらを指差して、侍の集団――三人ばかりが色めき立った。

「見ィ！　あれは、あン時の曲者でごわんど！」

「しまった！」

竹次郎は舌打ちした。吉原の外でも、大名屋敷の家来たちが探索を進めていたのようだ。

「ひッ捕らえいッ」

侍たちは刀に反《そ》りを打たせて走ってきた。

三

卯之吉は本物の市太郎を連れて吉原に向かって行く。

浮世離れした足取りの卯之吉を先頭にして、お供の銀八、水谷弥五郎と由利之丞、そして市太郎が続いた。

市太郎は気が気ではない。

「あのぅ……八巻様。手前は、一刻も早くお上にお伝えせねばならない大事がございまして……」

「ええ。ですからあたしが吉原で伺いますよ。新潟湊のお話は是非ともお伺いしたいのでしてねぇ。なにしろ越後随一《ずいいち》の遊里が広がっているというじゃありませんか。わざわざ新潟からお越しのあなた様には、吉原で遊んでいただいて、新潟湊との遊び比べをして頂きたいのでしてねぇ」

市太郎は何がなにやらさっぱりわからない、という顔だ。

しかも卯之吉は放蕩者の若旦那の姿に着替えているのだから尚更《なおさら》である。

「八巻様、手前はやっぱり町奉行所でお話を――」

「あたしは吉原同心を務めたこともあるので、大丈夫です」

銀八も心配になってきた。吉原には卯之吉の素性（三国屋の若旦那）を知る者が大勢いる。そこへ南町の八巻を名乗って乗り込むことはできない。

「若旦那、今度ばかりは余所《よそ》で――」

そう言いかけたその時であった。

「あれはなんの騒ぎだろう」

由利之丞が日本堤の先を指差した。

水谷弥五郎が前に出る。顔つきが険しい。

「刀を抜いておるぞ」

銀八も背伸びして、ひょっとこみたいな顔を向けた。

「町人姿のお二人が追われているでげす。あッ、こっちへ来るでげすよ！」

「銀八、皆を下がらせろ」

弥五郎は袴をはためかせながら走り出た。

「さぁ皆さん、こっちへ隠れるでげす！　騒ぎに巻き込まれたらつまらねぇでげすから」

堤の土手を下りて、下に広がる田圃の畦道《あぜみち》にいったん逃げた。

「まさか、手前を追って来たのでは……」

市太郎が不安そうにしている。

「おや。あなた様には、お侍様につけ狙われる理由がおありなのですかね」

卯之吉は突然、興味津々の顔つきとなった。

「あッ、斬り合いになるよッ」

由利之丞が叫んだ。


「竹ちゃん、もうダメだァ！」

銀公が情けない声をあげた。巨体の銀公は力持ちだけれども素早く動くことができない。重たい身体が邪魔をして長い距離を走るのも苦手だった。

侍たちの三人が迫る。先頭を切ってきた男が抜き身の刀を高く振り上げて、

「チェエストッ！」

甲高《かんだか》い気合の声を張り上げた。

そこへ黒い影が駆け寄ってきた。

「待てぇッ」

大喝《だいかつ》をまるで相手にぶつけるように放つ。

竹次郎と銀公が〝ぶつけるような〟と感じたのは、間違っていない。気合を相

手にぶつけることを〝気当て〟という。機先を制するための武芸だ。

「おおっ？」

思わぬ方向から殺気を浴びせられた侍は、銀公には斬りつけることができずに飛びのいた。その隙に、真っ黒な姿の浪人者が割って入った。

「ここは公方様《くぼう》の御城下たる江戸の市中ぞ！　狼藉《ろうぜき》は許さんッ」

「しぇからしッ、こン野郎《わろ》ッ」

侍が怒鳴り返した。

真っ黒な浪人は「フン」と鼻を鳴らした。

「わしは南町の八巻氏の手下だぞ。悪いことは言わぬ。刀を引けッ」

酔っぱらった侍が刀を抜いたのであれば、町奉行所と八巻の名を出せば我に返って退くはずだ――と水谷弥五郎は考えたのである。

ところが侍たちはまったく別の反応を示した。

「南町の八巻……！　いかなこて隠し帳簿ばおっといたンは……！」

何を言っているのか良くわからない。

「その訛《なま》りには聞き覚えがある。薩摩者だな」

そう断ずると侍たちは「ムッ」と唸《うな》った。「薩摩者であろう」と重ねて質されたが、二度と口は開かなかった。

黒い浪人は鼻で笑った。

「お国訛りから生国《しょうごく》が露顕《ろけん》するのを嫌っておるようだが、もう遅いぞ」

侍たちはひと言ふた言、小声を交わした。どう進退するのかを相談した様子だ。そして刀を構え直した。

黒い浪人も足を踏み替えて身構える。

「示現流《じげんりゅう》との戦い方は、寝ても覚めても思案してきた。ひとつここで試してみるといたすか」

示現流と名指しされ、侍はますます動揺したようだったが、

「け死ィッ」

一声叫ぶと、

「チューイッ！」

猿のように吠え、飛鳥《ひちょう》のように斬りつけてきた。

浪人は刀を両腕で持って、鳥居のように構えた恰好で迎え撃った。

大上段から斬り下ろされた刀を、真横に持った刀で撥ね返す。ギインッと凄《すさ》まじい金属音が響いた。

「ドウッ！」

浪人が素早く刀を返して侍の胴を打った。

「グワアッ！」

薩摩の侍が吹っ飛ばされた。地面に倒れ、脇腹を抱えて悶絶《もんぜつ》し、転げ回る。

「この刀、しばらく研ぎに出しておらぬのだ。斬れぬ刀で打たれては、さぞ苦しかろう」

浪人はとぼけたことを言った。

残り二人のうちの一人が前に出てくる。浪人を睨《にら》みつけ、抜刀の気勢を見せて牽制《けんせい》した。この侍が一番の使い手であるようだ。浪人も迂闊《うかつ》に身動きできない。

その隙に、もう一人が、怪我をした侍に肩を貸して助け起こした。

「竹ちゃん、舟が来るぞ」

銀公が山谷堀を指差す。見れば、吉原で二人を襲った侍が、竿を握ってやって来た。会所の男衆を倒して逃げてきたらしい。

「田之山《たのやま》、ここじゃっ」

仲間を肩に担いだ侍が呼んだ。舟が堤に着けられる。怪我をした侍と肩を貸した侍が乗り移った。最後に、黒い浪人を威圧していた侍が、サッと身を翻して飛び乗った。

黒い浪人は堤の土手を駆け下りたが、舟に飛びこむのは不利（迎え撃たれて斬られてしまう）と考えたのか、足を止めた。

舟は侍の四人を乗せて流れていく。竹次郎と銀公は身を震わせながら見送った。


「斬り合いは終わったのかねぇ」

卯之吉がのんびりとした口調で訊ねた。

由利之丞は首を傾げた。

「見えていたでしょうに」

「いいや。あたしは怖いから、目をつぶっていたよ」

「……とんだ同心様がいたもんだ」

銀八は慌てている。

「若旦那、市太郎さんが気を失ってるでげす」

「おやおや。これは困った。だから目をつぶっていなくちゃいけないのさ」

卯之吉が得意げに言ったので、由利之丞はますます呆れてしまった。

敵がいなくなったと知れば怖いものはない。卯之吉とはそういう男だ。シャナリシャナリと身をくねらせながら堤を上り、水谷が助けた二人の男に歩み寄った。

「おや。誰かと思えばあなたたちは、品川でお会いしたお二人じゃございませんか。この前は肥桶《こえおけ》を覗いていて、今度はお侍に追われている。ほんとうに妙な遊びがお好きな酔狂者でいらっしゃいます」

本気で感心しているらしい。

しゃがみ込んで震えていた二人も「あっ」と声を上げた。


卯之吉はどうしても吉原に寄りたいと主張したのだけれど、竹次郎と銀公が絶対に嫌だと言い張り、市太郎も気を失ったまま目を覚まさないので、仕方なく、卯之吉が近くに借りている仕舞屋《しもたや》に皆で向かった。

仕舞屋は路地のいちばん奥に建てられていた。江戸の町人地は、通りに面して店を開く造りで町家が建てられるので、区画の真ん中にポッカリと空き地ができやすい。

その空き地に仕舞屋が建てられている。客商売には向かない立地であった。卯之吉が借りているこの建物も、本来は医者や学者などに貸すために建てられたようだ。襖《ふすま》や障子、欄間《らんま》などの内装には金がかけられていた。

四方を建物に囲まれているので薄暗い。遠くから、ドロドロドロと、低い響きが伝わってくる。

「打ち壊しの衆が太鼓を鳴らしておるのか」

水谷弥五郎が顔を障子窓に向けた。

「雷でしょう」

卯之吉は気にもせぬ様子でそう言った。

確かに夏に特有の雷雲が近づいている気配がする。障子に映る外光が暗い。大気にも湿気が感じられた。

畳に敷かれた布団には、市太郎が横たわっている。

「水谷様がおっかないから、気を失ってしまいましたよ」

卯之吉が戯《ざ》れ言《ごと》を言うと、

「気の小さいヤツだ」

水谷はフンと鼻を鳴らしてそっぽを向いた。

「強い酒でも含ませてみましょうかね」

卯之吉はグラスの瓶《びん》を戸棚から出して、中の液体をお猪口《ちょこ》に注いだ。

「なんだそれは」

「露西亜国の酒ですよ」

市太郎の口に小量注ぐと、効果覿面《てきめん》。市太郎は噎《む》せながら目を覚ました。

弥五郎は興味津々である。

「良く効く薬だな。わしにも服用させよ。崖から落ちた時の打ち身が、アイタタ。まだ治りきっておらぬのだ」

酒好きはなんのかんのと理屈をつけては酒を飲みたがる。

「どうぞどうぞ」

卯之吉は、大金を払って入手した異国の酒を瓶ごと水谷に渡した。

「ここはどこです」

市太郎はキョロキョロと辺りを見回している。

「あたしが借りている仕舞屋です。怖いお人たちは水谷様が追っ払ってくださいましたから大丈夫ですよ」

そこへ銀八が入ってきた。卯之吉の側《そば》に両膝をつく。

例の二人と由利之丞は別の座敷に通してある。気を失った市太郎に遠慮したのだ。

銀八は、何事か卯之吉に報せるためにやってきた様子であった。

「若旦那、どうやらあのお二人は、若旦那に何かを売りつけたいみたいでげす」

「ほう。それはなんだろう」

「芝のお大名屋敷から盗んできた物じゃないかと思うでげす」

「へぇ？　あのお二人は、盗《ぬす》っ人《と》だったってのかい」

卯之吉は本気で驚いた顔をしている。

銀八は（今まで察しがついていなかったのか）と呆れ顔だ。

「薩摩の屋敷から盗んできたのであろうな」

水谷がそう言うと、

「どうしてそうわかるんです？」

卯之吉は訊ねた。水谷は江戸に戻ったばかりで、品川の騒動のことは知らないはずだ。

「薩摩の者に追われているのだ。それに決まっておろうが」

銀八も大きく頷いた。

「あの夜に盗み出したに相違ねぇでげすよ。ともかくですね若旦那。そういう次第ですから、あのお二人の前では、お役人様だとは言わないほうがいいかもしれねえでげす」

「なるほど。それじゃあ素のままで行こう」

「市太郎さんも、こちらが南町の同心様だとは、言わねえように願いますでげすよ」

どうしてそんな小細工をしなければならないのか、市太郎には理解できなかったけれども、とにもかくにも頷いた。

四

卯之吉は、銀八と弥五郎、市太郎を引き連れて、竹次郎たちがいる座敷に向かった。卯之吉が有り余る金に任せて借り受けた仕舞屋は、庭まである瀟洒《しょうしゃ》な造りで、料理茶屋として使えそうなほどに広かった。

「雨が降ってきたねぇ」

良く手入れされた庭木の葉を雨粒が打っている。庭に面した濡《ぬ》れ縁《えん》を踏んで座敷に入る。卯之吉は二人と由利之丞には目もくれず、竹次郎の膝前に置かれた帳簿に関心を示して、急ぎ足で歩み寄った。

「あたしに売りたいってのは、これですね」

チョコンと正座するやいなや、手に取って捲《めく》り始めた。両目が爛々《らんらん》と輝いている。異様なまでの好奇心をそそられたようだ。

竹次郎と銀公は、卯之吉の物腰に圧倒されている。

「あの……、そのぅ、今度も助けてもらって、ええと、危ないところを……」

竹次郎は礼を言いたいのだけれども、卯之吉がまったく聞いてくれないので、

(どうすりゃいいんだよ)という顔でうろたえている。

卯之吉は二人のことなど眼中にない。あっと言う間に目を通すと、

「市太郎さん、これ、どう思いなさるね」

市太郎に帳簿をグイッと突き出した。

市太郎は座敷の隅に正座している。膝行《しっこう》してきて受け取って、目を向けるなり、

「あっ」と声をあげた。

卯之吉がニヤリと笑った。

「お心当たりがおありのようだねぇ」

横目で見つめて不穏な笑みを浮かべている。銀八の目から見れば〝酔狂仲間の

悪戯《いたずら》を見破ったときの顔〟に見えたのだが、市太郎の目には〝江戸一番と評判の辣腕《らつわん》同心が、悪事の尻尾《しっぽ》を摑んだ時の顔〟に見えたに違いない。

市太郎は目に見えて震え始めた。顔が青く見えるのは、外の暗さだけが理由ではあるまい。

「これはなんなのかねぇ。ほら、ここに新潟湊の問屋衆の印が押してある。これは新潟湊で商っている何かについて記された帳簿だ」

市太郎の額《ひたい》に冷や汗が滲む。

「しかも、これは異国の文字だよ。和蘭語《オランダ》ではないね。和蘭語ならあたしも読めるからね。ええと、これは、エゲレスの言葉じゃないのかね」

卯之吉は帳簿の一点を指差した。

「sugarってのは、砂糖のことだよね」

卯之吉は和蘭語風に〝スガール〟と発音した。

市太郎は観念しきった顔つきとなり、その場に両手をついて深々と平伏した。

「何もかも正直に申し上げます！　申し上げますので、なにとぞ新潟湊をお救いくださいませッ」

卯之吉は好奇心が丸出しの顔つきだ。

「話してくれるのかね。嬉しいねえ」

詮議のつもりなど毛頭ない。好奇心を満たすために市太郎に詰め寄っていただけだったのだが、市太郎にとっては、辣腕同心に急所をグイグイと突かれる思いであったろう。

竹次郎と銀公の二人は、意外な成り行きに啞然《あぜん》茫然としている。

「竹ちゃん、この若旦那、いったい何者なんだろうね」

竹次郎にもさっぱりわからない。


雨は間もなく止んだ。しかし、どこからともなく雷鳴のような音が轟いてくる。もしかしたら、打ち壊しの衆が練り歩く足音なのかも知れない。不安を催《もよお》す響きであった。

道の泥を撥《は》ねながら町駕籠《まちかご》が一丁やってきた。船松町の船宿の前に停まる。駕籠から出てきた老人が駕籠かきに酒手（チップ）を握らせた。ホクホク顔で受け取った駕籠かきは、その小銭のあまりの少額さに愕然とした。

船宿から出てきた卯之吉は、いそいそと歩み寄ると、

「これはあたしからだよ」

別儀で酒手を握らせた。今度はその高額ぶりに駕籠かきは目を丸くする。

卯之吉は徳右衛門に向かって低頭した。

「呼び出してしまって、申し訳ないことです。よくぞ足をお運びで」

「滅相《めっそう》もございませぬッ！　この三国屋徳右衛門、南北町奉行所一のお同心、八巻様のご命令とあらば、たとえ火の中水の中、仮にご老中様からのお呼び出しがあったとしてもそっちのけで駆けつけまするぅ」

「相変わらず大げさですねえ」

卯之吉ですら（どうしたものか）という顔つきであった。

「話は、銀八に持たせた書面に記したとおりです」

三国屋は、険しい面相に戻った。

「砂糖の値を釣り上げて、庶民の嘆きを余所に、私腹を肥やそうとする悪徳商人の陰謀を、八巻様がお見抜きになったのでございますな」

「まだ証拠が揃っていないのですよ。そこでお祖父《じい》様のお力をお借りしようかと思いつきまして」

「喜んで駆けつけて参りました！　八巻様の捕物の一助をあい勤めようとは！　この三国屋徳右衛門、生涯の誉《ほまれ》にございますよ！」

「はいはい。それじゃあ行きましょう」

卯之吉は徳右衛門を連れて相模屋に向かった。


三国屋は江戸一番の札差で高利貸しだ。本多出雲守の政商であることは誰でも知っている。徳右衛門が訪《おとな》いを入れると、すぐに最上の客間へ通された。

相模屋の主人、新左衛門が、二人の正面に座っている。いったい何用があって札差が押しかけてきたのか量《はか》りかねている顔つきだ。しかも徳右衛門を脇において、あの若旦那が上座にチョコンと座っている。ますますもってわけのわからぬ二人連れであった。

その若旦那が、携えてきた風呂敷包みを開けた。

「ちょっとこれを見て欲しいんですけれどね」

新左衛門は眉間《みけん》に皺《しわ》を寄せた。

「なんです。この汚らしい物は」

「グラスの小瓶《こびん》でしてねぇ。お宅の蔵の、火事場で見つかったのと同じ物です」

「ああ、そう言われれば……」

新左衛門はまじまじと見つめた。異国渡りのグラスの小瓶の、火事の熱で融けて変形した物が、風呂敷の中にいくつも包まれていた。

「これは、どこで見つけたのです」

「江戸で連続した蔵の火事。その焼け跡にあったのです。火元となった蔵には皆、この小瓶が落ちてたってわけですよ。町奉行所の検使役人様が見つけた物ですから、間違いはございませんよ」

新左衛門は、いっそう不可解な顔つきとなった。

「いったい、なんなんでしょう、この小瓶は。河岸《かし》の男衆の間で流行《はや》っているのですかね」

「この小瓶の正体については、これからお目にかけますけれどね」

卯之吉は銀八を呼んだ。銀八は座敷を遠慮して庭から入ってきた。

「例の物を、良く陽の当たる場所に置いておくれ」

「へーい」と答えた銀八は、小わきに携えてきた木箱の蓋《ふた》を開けて、中の物を庭の真ん中に置いた。

「あれも……、グラスの小瓶ですな」

新左衛門が質す。卯之吉は頷いた。

「そうなんですよ。異国のグラスの小瓶です。それにしても、今日も暑いですねえ」

「ええ。夏ですから暑いですよ。……話をはぐらかさないでいただきたい」

「いえいえ。話の本筋です。この暑さが曲者なのでございまして。銀八、鏡でもって、照らしてあげなさい」

銀八は鏡を手にして翳《かざ》した。太陽の反射光を小瓶に当てる。陽光の暑さが二倍となったはずである。

直後、小瓶が割れた。そして激しい炎を吹き上げた。

「わっ」と驚いたのは新左衛門だ。徳右衛門も目を丸くさせている。

卯之吉は満足そうに微笑んだ。

「あの瓶の中に入っていたのは、赤燐《せきりん》だったのですよ」

新左衛門は、燃える小瓶と卯之吉とを交互に見た。

「なんです、それは」

「薬ですよ。エゲレス国では火をつけるのに使っているそうですがね。ほら、大蒜《にんにく》みたいな臭いがするでしょう？　あれは赤燐の臭いなんですよ」

「火をつけるのに使う、というと、火打ち石みたいな物ですか」

「火打ち石は勝手には火花を散らさないけれども、赤燐は、周りが暑くなると、いま見たように勝手に燃え上がるんです。それこそが、誰一人としていない、鍵のかかった蔵の中で、炎が燃え上がった理由ですよ」

新左衛門の顔色が変わった。

「それじゃあ、エゲレス国の薬を使っての火付けってことですか！　いったい誰がそんな非道を！」

「そりゃあ、あなた、決まってるじゃないか。あなたの蔵に砂糖を運び込んだお方の仕業だ。あなたの蔵に、砂糖を詰めた俵が山積みになっていると知っていたお方が仕組んだことですよ。いったいそれはどなたですかね？」

新左衛門は「ウッ」と唸った。そして顔色を真っ赤にしたり、真っ青にしたりした。

「し、知らない……」

卯之吉は「ウフフ」と含み笑いを漏らした。

「知らないってこたぁないでしょう。あなたの蔵ですよ。焦げた匂いを嗅《か》いだだけで、何が燃えたのかあたしにはわかりましたよ。焼き菓子と同じ匂いがしましたからね」

新左衛門は痛いところを突かれると、激昂《げっこう》して誤魔化《ごまか》す型の人間であったらしい。いきなり怒り始めた。

「いったい、あんたはなんなんだね！　この前もそうだった、詮議がましい振舞いをして、失敬じゃないか！」

「相模屋さん」

徳右衛門が間に入った。諭《さと》すような口ぶりで言う。

「こちらの御方に滅多な物言いは許されませぬよ。こちらの御方こそが……」

他には誰もいないのに、コソコソと耳打ちをした。

すると、新左衛門の顔色がまたも変わった。目を剝《む》いて正座したまま飛び跳ねた。

「みっ、南町の八巻様ッ？　あなた様が……！」

「いや、そんなに驚かれるほどの者じゃございませんけれども」

卯之吉は莨盆《たばこぼん》を引き寄せて煙管《キセル》に火をつけた。たんに莨が吸いたくなったからなのだが、新左衛門の目には、辣腕同心が余裕を見せつけたように見えた。

「その遊び人のようなお姿は……？」

徳右衛門が代わりに答える。

「八巻様のお役目は隠密廻同心様でございますよ。町人に扮して、探索をお進めなさっておわしたのでございます。天網恢々疎《てんもうかいかいそ》にして漏らさず。八巻様のご炯眼《けいがん》の前では、何も言い逃《のが》れできぬものとお心得なさい！」

「ヘッ、ヘヘーッ！」

新左衛門は縁側まで退いてから平伏した。同じ座敷の畳の上に座ることも遠慮するほどに、降参しきっていたのであった。

「まぁ、そんなにお気を使わずに」

卯之吉はフーッと紫煙《しえん》を吐き出した。

徳右衛門はプンプンと怒っている。

「それにしても……、砂糖に火をつけて回って、江戸の砂糖相場を値上がりさせて、打ち壊しを誘うとは。とんでもない悪党がいたものです」

そう言ってから、小首を傾げた。

「砂糖って物は、燃えるのですかね。そもそもの話」

「燃えますすよ」

卯之吉は（そんなのは当たり前だろう）という顔をした。

無駄に好奇心と探究心の旺盛な卯之吉は、砂糖に火をつけてみたこともあったのである。砂糖は激しく燃える。屋根と梁を焼き尽くすほどの熱を出す。しかしながら値が張るので、照明や暖房に使う者はいない。砂糖に火をつけてもまったく惜しくないだけの財力を持つ卯之吉ならばこその実検であった。

「しかしですよ、八巻様」

徳右衛門が首を傾げる。

「熱があれば勝手に燃え上がる薬で火をつけたとしても、実際に火が出たのは夜中でございます。逆に気温が下がる刻限ではございませぬか」

「ああ、それはきっと、こういうからくりです。砂糖の俵を積む時に、下の方に小瓶を仕掛けておいた。上にどんどん俵を積み上げていくと、何故だか知らないけれども、下のほうの俵は熱を持ちますよね」

密度が圧縮されると物体は熱をはらむ性質がある。

「上に積まれた砂糖俵の重みで、下の砂糖俵が熱を持っていった。時が経つにつれてどんどんと熱が溜まっていく。そしてついに赤燐に火がついた、という次第ですね」

「なるほど、さすがは八巻様！」

徳右衛門が大仰《おおぎょう》に感心している。そして一転、顔つきをしかめた。

「こんないまわしい策を巡らせて火をつけるとは。なんと悪賢い悪党でしょうな。相模屋さん！　いったい誰なのです、こんな悪事を働いたのは」

「相模屋新左衛門は下を向いたまま黙っている。

「相模屋さん！　お宅の蔵に火をつけられたというのに、黙っているおつもりなのですか！」

「まぁまぁ」と卯之吉が割って入った。

「相模屋さんには言えないだけの理由があるのでしょう。蔵の中に納められた砂糖が、公儀の砂糖会所を通した品ではないからです。抜け荷で江戸に運ばれて来た品。そうでしょ、相模屋さん」

新左衛門はガックリと肩を落としてため息をついた。

「さすがは……お噂に名高い八巻様……。何もかも良くぞお見通しで……」

徳右衛門がキッと目を怒らせた。

「ならば、白状なさい！　隠し立てては無駄ですぞ」

卯之吉は莨の煙を吐いて、煙管の灰を莨盆に落とした。

「相模屋さんにも、言えることと言えないことがあるのでしょう。お取引相手の秘密を守ることは、商道徳にございますからねぇ。まぁ、言っていただけなくとも薄々と察しはつきますよ。砂糖を抜け荷で扱っていて、かつ、赤燐についても詳しくご承知の蘭学好み。そのような御方は、本朝を探しても、そう多くはいらっしゃいません」

徳右衛門が「むうっ」と唸った。

「丸に十字……」

新左衛門が急いで遮《さえぎ》る。

「それ以上は何も仰《おっしゃ》いますな、三国屋さん」

確かに七十七万石、日本第二位の石高《こくだか》を誇る大名家が相手では、江戸一番の札差も、南町奉行所も、旗色が悪い。

それでも徳右衛門の怒りは収まらない。

「抜け荷の砂糖なんぞをお引き受けなさるから、こんな悪事に巻き込まれるのですぞ！　ううむ、一連の火事で蔵を燃やした商人たちは皆すべて、丸に十字の息がかかった抜け荷の砂糖を商っていたのですな。由々《ゆゆ》しきこと！」

卯之吉は頷いた。

「道理で、町奉行所の詮議に抗《あらが》うわけですよね、相模屋さん」

「恐れ入りまする」

新左衛門が低頭した。徳右衛門は怒っている。

「しかしですよ。このままでは、このお江戸で打ち壊しが始まってしまう」

江戸一番と評判の豪商などは、真っ先に狙われる対象だ。

「そこなんですけれどね」

卯之吉は煙管をしまった。

「砂糖がたくさん、江戸の市中に流れれば、打ち壊しを防ぐことはできるのでしょうかね」

新左衛門が青い顔で答えた。

「仰《おお》せのとおりにございましょうけれども、なれど、日本国のどこを探しても十分な量の砂糖はございますまい。一連の火付けで、多くの砂糖が失われてしまいましたので」

「ふむふむ」

卯之吉は立ち上がった。徳右衛門が見上げる。

「八巻様、どちらへ？」

「ちょっと新潟湊まで」

雪隠《せっちん》をお借りします、みたいな口調と顔つきで、卯之吉は座敷から出ていった。

第六章　激闘三国峠

一

道舶は居室で蘭書を書見していた。平易な和蘭語《オランダ》ならば読み書きができる。蘭《らん》癖《へき》大名と呼ばれるだけのことはあった。

側近の新納主計がやってきた。廊下に正座して言上《ごんじょう》する。

「一大事が出来《しゅったい》いたしました」

道舶は蘭書を読むのに夢中で顔も上げない。

「後にいたせ」

新納は引き下がらない。

「是非ともお耳にお入れ願わしゅう」

「何事じゃ！」

「懸案となっておりました隠し帳簿が、八巻の手に落ちましてございまする」

「なんじゃとッ」

道舶は書見台を片手で乱暴に払いのけると、新納に向かって座り直した。

「子細《しさい》を申せ！」

新納は、家中の武士が吉原で曲者《くせもの》を見つけたこと、それを追ったところ、八巻の手下との闘争となって、曲者二人を奪われた事を告げた。

「我が屋敷に押し入った曲者を八巻が守っただと？　それは確かか」

「間違いはございませぬ」

このあたりの事情は新納も錯綜《さくそう》している。竹次郎と銀公を追った藩士の報告から、朧《おぼろ》げに推察した話だ。

水谷弥五郎が事を穏便《おんびん》に収めようとして〝八巻の手下〟を名乗ったことが、薩摩屋敷では大きな波紋を呼んでいたのである。

「かの曲者めは、我が屋敷を探るために八巻が放った密偵だったのか！」

道舶は勝手な思い込みで即断した。

八巻は本多出雲守の懐刀《ふところがたな》である。江戸の町では皆、そう思い込んでいる。

道船も例外ではない。

「おのれッ、本多出雲守め、姑息《こそく》な手を使いおって！」

「八巻への手当ては、いかがいたしましょう」

「八巻は今、どこにおるのだ」

「八巻の屋敷に張り付けた者よりの報《しら》せでは、八巻は新潟湊へ向かう、との由《よし》にございまする」

「殺せッ」

道船は吠えた。顔面は怒りで真っ赤に染まっている。

「追手を放って討ち取るのじゃ！　隠し帳簿も取り戻せッ」


川船が真っ白な帆を掲げつつ江戸川を遡上《そじょう》していく。

都合のよいことに南風だ。五丁の櫂《かい》に取りついた水夫《かこ》たちが懸命に漕いでいる。さらには舳先《へさき》から縄が川岸に伸ばされて、その縄を川岸を歩む男たちが引いていた。

江戸の流通を支えているのは川船による舟運《しゅううん》だ。北関東から続々と物資を運んでくる。

江戸で荷を下ろした川船は、今度は川を遡《さかのぼ》って帰っていく。川を遡上するための動力は、帆と、櫂と、引き綱によって得られた。それらの三つの動力を贅沢《ぜいたく》に使って、その船は勢い良く上流に向かって進んだ。

船には卯之吉がチョコンと座っていた。

「速い、速ぁい」

子供のように喜んでいる。

「やっぱり五丁櫓《ろ》の船を雇って正解だったね。引き綱の衆は、もっと人数を増やしてもいいかな」

「あのぅ、八巻様……」

市太郎がおそるおそる訊《たず》ねる。

「いったい、どういうご了見なので……？」

卯之吉はカラッとした笑顔で振り返った。

「そりゃああんた、一刻も早く新潟湊に着きたいからだよ。船で高崎《たかさき》の河岸《かし》まで行く。高崎からは早駕籠《かご》を雇うよ」

市太郎は商人だ。五丁櫓の川船と早駕籠を雇うために、どれほどの大金がかかるのかを知っている。

「いったい、どうしてそうまでして、お急ぎなさるのです」

卯之吉は「そりゃああんた」と繰り返した。

「あんたの報せと、盗《ぬす》っ人《と》のお二人が持ち出した秘密の帳簿で、大量の砂糖俵が新潟湊に山積みになっていることがわかったからじゃないか。今のお江戸ではその砂糖が入り用なんだよ」

打ち壊しを防いで、民心を安寧《あんねい》ならしめるためには、砂糖の大量供給と安値での流通が不可欠なのだ。

同心、八巻卯之吉は、新潟湊の砂糖を供出させるために、新潟湊に急行しようとしている――市太郎はそう理解した。

しかし。新潟湊に秘蔵されている砂糖俵は、島津家が琉球より持ち込んで隠し置いた物だ。島津家がおいそれと供出に応ずるとは思えない。また、抜け荷の悪事を暴かれた島津家は、面目《めんぼく》を潰されたことに激怒して、大公儀との戦《いくさ》に及ぶかも知れない。

どちらに転んでも、新潟湊の商人たちには咎《とが》めが及ぶ。

(それとも八巻様には、事を穏便に収めるための秘策がおありなのだろうか)

江戸を救い、島津家との戦を未然に防ぎ、新潟湊の商人たちに咎めの及ばぬようにする秘策が。

　市太郎は卯之吉の顔色を盗み見た。

　夏の南風はとても強い。川船は飛ぶように進む。舳先に立った卯之吉は泰然と川風を浴びている。上越国境《くにざかい》の山並みをキッと見据えたその口許には、ほんのりと微笑まで含ませていた。

（なんと堂々たるお姿だろう）

　市太郎は感動した。

（やっぱり八巻様は、評判どおりに江戸一番のお役人様なのだ）

　八巻卯之吉ならば、きっと起死回生の策を秘めているのに違いないのだ。市太郎は神を見るような目で、卯之吉を拝んだ。

　と、卯之吉が彼方を指差して、素《す》っ頓狂《とんきょう》な声を張り上げた。

「見て見て！　あの真四角の山。まるで大きな机みたいだねえ。あれはなんてぇ山？」

　市太郎も目を向ける。

「……荒船山《あらふねやま》にございます」

「ああ、そう」

すっかり遊山気分の卯之吉は川船の旅に興奮し、船内をあちこち走り回っては、船頭たちを辟易《へきえき》させ、市太郎の首を傾《かし》げさせた。

船は高崎の河岸に着いた。同船していた荒海一家や、水谷弥五郎、それになぜか一緒についてきた竹次郎と銀公も河岸に降り立った。

「竹ちゃん、上手《うま》いこと江戸から出られたんだ。このままどっかへ逃げちまおうよ」

銀公が怖々と身を竦《すく》めながら言う。竹次郎はムキになって首を横に振った。

「馬鹿野郎。あの帳簿を銭に換えねぇうちに、逃げ出すことなんかできるもんかよ。新潟湊に着きさえすれば、あれは小判に化けるはずなんだ」

「夢みたいなことを言ってるけど、命あっての物種だよ？」

そのとき「オイッ」とどやしつけられた。

「手前《てめ》ぇたち、なにをボンヤリしてやがる！　さっさと荷を積み替えねぇか！」

荒海一家の寅三だ。二人は「へいへいッ」と答えて即座に荷運びを開始する。

そこへ親分の三右衛門が、禍々《まがまが》しい顔つきで歩み寄ってきた。

「手前ぇたちは、盗っ人だそうだな。大名屋敷に潜り込んだ度胸はてぇしたもんだが、盗んだ品をウチの旦那に売りつけようってぇ了見が勘弁できねぇ。今は旦那のご厚情で目溢《めこぼ》しをしているが、いつか必ず獄門台に送りつけてやるから、そう思え！」

　二人は小便をちびるほどに震え上がった。

「逃げようったって、こんなおっかねえ親分たちに睨まれてたんじゃ、逃げようがねぇよ」

　竹次郎が嘆く。

　二人は荒海一家の子分たちに鋭い眼光で見張られながら、身を粉にして荷運びをし続けた。


　卯之吉は早駕籠を二丁雇った。ひとつの駕籠を四人が担いで走る。駕籠には前方に向かって綱が伸びていて、その綱を四人が引いて走った。担ぎ役と引き役が交替しながら全速力で走り続けるのである。

　駕籠には卯之吉と市太郎が乗る。その前後を荒海一家と水谷弥五郎が駆ける。

「いったいなんなんだよ、このお人たちは」

　竹次郎が喘《あえ》ぎながら泣き言を漏らした。上越の国境の急勾配の山道だ。

細い山道である。逃げようとすれば後ろから子分衆に斬りつけられる。竹次郎は一縷《いちる》の望みに縋《すが》りつきながら走った。新潟湊に着きさえすれば、褒美《ほうび》の銭が手に入るはずなのだ。

(あれが島津様のお屋敷にあったことを証《あかし》立てできるのは、オイラたちだけなんだからな)

竹次郎と銀公は、辛さと怖さで泣きべそをかきながら、一家と一緒に走り続けた。

険難な山道をものともせずに、騎馬の群れが疾走してくる。鞍《くら》には揃って肌の色黒な侍たちが跨《また》がっていた。

江戸の薩摩藩邸から放たれた刺客たちだ。道船の目に適《かな》った腕利きの剣客たちが揃えられていた。

馬は険しい山道に差しかかる。先頭を走っていた武士が、ふと、何かに気づいて馬を止めた。鞍から下りて地べたに屈《かが》み込んだ。

「どげんしたとか、朝之倉《あさのくら》どん」

他の侍たちも馬を止める。朝之倉は山道を指し示した。

「こげン多くの足跡ばついちょる。大勢が列ばなして山道ば進んだ跡じゃ」

「すっと、こいは八巻ン行列ン足跡か。むっ……まだ新しかぞ」

「間違いなか。八巻はすぐそこにおるとじゃ。皆ン衆、御家に奉公すっとはコン時ぞ。オイら、命ば捨ててかかっと」

「言われンまでもなか」

侍たちは腰の刀の柄袋《つかぶくろ》を投げ捨てた。着物の袖には襷《たすき》を掛けた。臨戦態勢だ。

「御家ンため、八巻ば血祭りにあげっと！」

一行は再び馬を駆けさせ始めた。

二

卯之吉たち一行は三国峠の山道を上っていった。この急な坂道を上りきったところが、越後国境であるはずだ。

さすがに早駕籠かきは健脚揃いだ。

「早いねぇ。まるで山の中を飛ぶ鳥のようだよ」

卯之吉は大喜びしている。

崖の上の曲がりくねった小道を走り、続いて、蔦《つた》で編まれた橋の上を走る。揺れる橋の下は千尋《せんじん》の谷だ。眼下を雲が流れていく。

「雲の上を渡るなんて、仙人様になったみたいだねぇ」

卯之吉ははしゃいでいるが市太郎は生きた心地《ここち》がしない。駕籠から振り落とされたら即死だ。駕籠の中に吊るされた紐《ひも》にしがみついて、顔を真っ青にさせた。

峠の間《あい》ノ宿《しゅく》で駕籠かきが交替する。間ノ宿とは宿場と宿場の間に置かれた集落で、街道の難所に限って、宿場の業務を代行することが公儀より認められている。

つまりそれほど険しい難所続きだということでもある。

荒海一家の子分たちも、さすがに疲労の色を隠せない。竹次郎と銀公は言うまでもない。銀八などはへたりこんでしまって身動きできない。

ところが卯之吉は毅然《きぜん》として指図する。

「このまま新潟湊まで一気に突っ走るよ。一刻の猶予もならないんだ。もしも、ついて来れないお人がいるのなら、ここに置いて行くからね」

銀八は息を喘がせながら首を傾《かし》げた。

「今日の若旦那は、いったいどうしちまったんでげすか。まるで本物の辣腕《らつわん》同心様みてぇでげす」

こうしている間にも江戸は打ち壊しの危機に晒《さら》されている。砂糖の窮乏による庶民の暮らしは逼迫していた。砂糖不足で江戸の食料は腐り、損なわれていく。百万の人口が飢餓と食中毒の危機に直面している。

しかし、たとえそれでも卯之吉という男は、我関せずで遊び呆《ほう》けているのが常であったはずだ。それが一転、この颯爽《さつそう》たる姿はどうしたことか。

荒海一家と市太郎は、卯之吉のことを辣腕同心だと信じ込んでいるので「さすがは八巻様」という尊敬の目を向けている。

三右衛門はますます張り切って卯之吉に答えた。

「オイラの一家にゃあ、これしきのことでへたばる奴《やつ》ぁいねぇですぜ！」

子分どもが「おう！」と声を揃えた。

市太郎も、「手前も大丈夫です」と、青い顔ながら気丈に答えた。

「皆様方が新潟湊のために、こうまで働いてくださっているのに、手前だけ、ここに残るわけにはまいりませぬ」

「オイラたちも、ついていくぜ」

竹次郎と銀公も立ち上がった。

街道の先を物見《ものみ》（偵察）していた水谷弥五郎が駆け戻ってきた。

「この先も険難続きだ。人影も絶えておる。曲者が我らを襲うとしたら、うってつけだ。十分に気をつけろ」

「それでも行かねばなりませんよ。さぁ皆さん、出立《しゅったつ》です」

卯之吉と市太郎は駕籠に乗り込む。駕籠かきたちも、一行の意気に感じるところがあったのか、力強く担ぎ上げた。


卯之吉たちは峠を目指して進んでいく。もう間もなく浅貝宿《あさかいしゅく》だ。冬期は豪雪に閉ざされる三国峠も、夏場の今は心地よい山風が吹いている。駕籠かきたちは軽快に足を飛ばしつづけた。

その時、突如《とつじょ》として背後から馬蹄《ばてい》の響きが近づいてきた。

水谷弥五郎が「ムッ」と唸《うな》って振り返った。

「用心せよ！　この馬の走らせようは、只事《ただごと》とは思われぬぞ！」

三右衛門も長年のヤクザ暮らしで喧嘩《けんか》には慣れている。すぐさま殺気を感じ取った。

「旦那と市太郎の駕籠を前に送り出せッ。俺たちは楯《たて》となって、旦那の背後をお護《まも》りするんだッ」

ますます馬蹄の音が大きくなる。一家の子分たちの顔に緊張が走った。

竹次郎と銀公は真っ青な顔色だ。

「ど、どうしよう、竹ちゃん」

銀公が大きな図体で動揺している。そこへ三右衛門が走ってきた。

「手前ぇたちも杖《つえ》を取れッ。陣形《じんけい》を組むんだッ。死にたくなかったら、さぁ、やれッ」

一家の子分衆と竹次郎、銀公は、白木の長い杖を携えてきた。旅のお供かと思ったら、そうではなくて、武器として使うために持たされた物であるようだった。長さは六尺（約百八十センチ）もある。槍の代わりに使える。

「死にたくなかったら──って、そんな無茶な。親分さん、こんな所で殺すのだけは堪忍《かんにん》しておくんなさい」

銀公が手を合わせて拝むと、三右衛門は「馬鹿野郎ッ」と怒鳴った。

「俺がお前らを殺すんじゃねぇ！　あいつらが俺たちを殺しに来たんだッ」

ついに騎馬武者が姿を現わした。鞍の上で抜刀し、刀を構えて突っ込んできた。

「野郎どもッ、礫《つぶて》を投げつけろッ」

三右衛門が下知《げち》する。やくざ者たちは騎馬武者に向かって大きな石を投げつけ始めた。武士にとってはいちばん厄介《やっかい》な攻撃であるはずだ。

「このやろッ。こいつめッ」

強面《こわもて》の兄ィたちが、餓鬼の喧嘩であるかのように石を投げる。石ならば足元にゴロゴロしている。攻撃は尽きることがない。

これには騎馬武者も辟易《へきえき》とさせられている。鼻面《はなづら》に石を受けた馬が、激しく嘶《いなな》いて棹立《さおだ》ちになった。

「今だッ、叩んじまえ！」

三右衛門の下知を受け、六尺杖を手にした一団が騎馬武者たちに襲いかかる。水谷弥五郎は先頭に立って、抜刀し、攻めかかった。

「手前ぇたちも行けッ」

三右衛門にどやしつけられて、竹次郎と銀公も泣きながら駆けだした。

「馬の鼻を殴れッ」

誰かが叫んだ。竹次郎と銀公は、無我夢中で馬を叩いた。馬は激しく暴れて、馬上の侍を振り落とした。

「やっちまえ！」

やくざ者たちは、よってたかって、落馬した侍を殴りまくる。

先陣を切った侍たちの無残な有り様を目にした後列の侍たちは、自ら馬から下りた。「リャリャリャアッ」と、奇怪な声を発しながら斬り込んできた。

「チェストウッ」

「おう！」

侍の一人と水谷弥五郎が斬り結ぶ。他の侍たちは荒海一家を目掛けて襲いかかってきた。

銀公は無我夢中で杖を突き出した。だが、即座に打ち払われてしまった。杖がカランと落下する。銀公は尻餅《しりもち》をついた。

「チューイッ！」

大上段に構えた侍が斬りつけてくる。

「ひいっ！」

「銀公ッ」

竹次郎は夢中で石を投げつけた。侍は刀で石を打ち払う。

「こん下郎《げろう》ッ、オイの刀ば、穢《けが》しよるかッ」

侍は激昂《げっこう》して、竹次郎に攻めかかってきた。

「石を投げろッ」

三右衛門が喚《わめ》く。子分たちは必死に石を投げつける。竹次郎に斬りかかろうとした侍が顔に礫を食らって後退した。

水谷が刀を振るって侍一人を打ち倒した。打たれた肩の骨が折れる音がした。まだ研ぎには出していなかったらしく、侍は血を流さずに倒れた。

「ありゃあ、痛そうだぜ」

竹次郎は、我が身の窮地も一時忘れて思った。そんな自分がなんだか不思議だ。

三右衛門が喚いている。

「敵は怯《ひる》んだぞ！　押せッ、押せッ」

この間に、卯之吉と市太郎を乗せた駕籠の二丁と、銀八は峠を越えて越後国側の宿場へと駆け込んだ。

「鉄砲だぜ！」

ようやくにして鉄砲に弾と火薬を詰め終えたらしい、子分の粂五郎が前に出てきて、ズドーンと引き金を引いた。猟師に借りた鉄砲を、素人《しろうと》が弾込めして撃ったのだ。命中するはずもなかったのだが、侍たちは激しく動揺した。

「くそッ、こいは場所が悪かぞッ」

「いったん引きやんせッ」

侍たちは傷ついた馬に跨がり、馬首《ばしゅ》を返して、上州方向に逃げていった。

「やったぞ！」

「ざまぁみやがれっ」

荒海一家の子分たちは拳《こぶし》を突き上げて歓声をあげた。

竹次郎と銀公はその場にへたり込んだ。そこへ三右衛門がやってきた。

「手前ェたち、よく堪《こら》えたぜ。度胸だけは認めてやらぁ」

竹次郎は大きく息を吐き出した。

「オイラたちは、無我夢中だっただけでさぁ……」

「それでいいんだ。夢中で逃げ出しちまう野郎もいらぁな。どうだ手前ェら。どこにも行く宛《あて》がねぇってのなら、オイラの一家の飯を食わねぇか。まぁ、江戸に戻るまでに考えとけ」

三右衛門は越後のほうを向いて、

「旦那を追うぜ！」

先頭を切って歩みだした。

三

薩摩藩島津家、七十七万石の当主である島津薩摩守は、江戸城本丸御殿の畳廊下を、お城坊主に先導されながら進んできた。

「こちらへ、お入りを願いまする」

お城坊主が手のひらでひとつの座敷を示した。薩摩守が座敷に入ると、お城坊主は廊下の側から障子を閉めた。薩摩守は所在無さそうに腰を下ろし、襖《ふすま》に描かれた絵などを見つめた。この部屋には、まったく見覚えがなかった。

江戸城本丸には多くの建物があり、建物は廊下で繋《つな》がっており、それぞれに部屋があった。どれだけの数の部屋があるのか、おそらく将軍ですら把握しきっていない。

江戸城の御殿では、将軍から端役《はやく》の役人に至るまで、様々な身分の者たちが公務に就いている。彼らは自分の身分や役儀に関わらない場所には踏み込まない。

島津薩摩守の御広敷《おひろしき》（登城した際に入る部屋）は大広間だ。将軍と対面する場所は黒書院か白書院である。それ以外の場所はまったく知らない。

（なにゆえに今日だけ、こんな座敷に入れられたのであろうな）

案内してきたお城坊主は茶も運んで来ない。なんだか嫌な予感がした。お城坊主の摺《す》り足《あし》の音が聞こえてきた。奥の襖が開けられた。お城坊主は廊下で正座し、座敷の中の薩摩守に向かって低頭した。

「本多出雲守様、間もなくお運びにございまする」

（老中が来るのか）

薩摩守はますます嫌な心地となった。

（なにゆえに出雲守が、余を呼びつけたのか）

父親の道舶と出雲守との反目は知っている。

（またぞろ父が、何事かを企《たくら》んで、それが公儀に露顕《ろけん》したのであろうか？）

息子の目から見ても、道舶という男の思考と行動は常軌を逸している。まったく手がつけられない。

薩摩守には、薩摩七十七万石の藩士と領民の暮らしを守る責務がある。本日ここでの自分の発言如何《いかん》によっては、藩士と領民に多大な苦役《くえき》をもたらすこととなるだろう。本多出雲守の重々しい足音が近づいてきた。薩摩守は緊張で身をこわばらせた。

出雲守が入ってくる。大きく太った腹を突き出して、ノシノシと歩き、大儀そうに腰を下ろした。

「これはこれは薩摩守殿。相も変わらず涼やかなお顔でござるな。その若さが羨《うらや》ましいわい」

出雲守は笑顔で、優しい言葉を掛けてきた。

「この酷熱、年寄りの身には堪《こた》える。涼やかな薩摩守殿とは裏腹に、こちらは脂《あぶら》汗《あせ》まみれでござるわい。いやはや、いやはや」

薩摩守はますます不吉な気分になってきた。出雲守が優しい声音を発している時は、何事か、悪意を腹中に隠している時だ。この笑顔が曲者なのである。

「出雲守殿におかれては、ご壮健にてなによりのことと存ずる。貴公は上様の権臣第一。公儀のため、天下国家のため、ますますのご煥発《かんぱつ》をお願い申す」

薩摩守は、実父の道舶とは裏腹の常識的な人物であった。強烈な個性を持つ父親に振り回されて育ったので、逆に、慎重で消極的な性格となった。

出雲守はますます不気味な笑顔である。本人は、ふくよかな笑みを浮かべているつもりなのかも知れない。

「上様の天下の治まるは、全国の諸大名が力を合わせて公儀を支え申していればこそにござるぞ。本朝の西端を治める薩摩守殿こそ、まさに治世の要《かなめ》と申せましような」

「いかにも薩摩守、上様のため、天下のために、粉骨砕身する覚悟にござる」

「まことに心強いお言葉じゃ。上様にお伝えいたす。上様もきっとお喜びになられよう。――さて、役儀ゆえ、言葉使いを改める。そのほう」

薩摩守は「ハッ」と答えて低頭した。自分が頭を下げることに対して、内心では、忸怩《じくじ》たる思いがないでもない。

老中は徳川譜代《ふだい》の小大名が務める。家康がそう定めた。本多出雲守の石高も、たかだか五万石だ。武士の身分は石高で決まるから、七十七万石の国持《くにもち》大名のほうが、ずっと偉いはずだ。

徳川譜代の小大名どもは、老中職にある間、大大名をつかまえて「そのほう」呼ばわりをする。老中は将軍の代理だという建前なので、まるで将軍その人であるかのように大柄《おおへい》な口を利くのであった。

しかし、いかに悔しくとも、抗《あらが》って勝ち目はない。あの道舶ですら最後には隠居に追い込まれたのだ。現当主の薩摩守など、一捻《ひとひね》りに潰される。

本多出雲守の政争にかける手腕は並大抵のものではない。ここは大人しくしておくに限る。

「これを見よ」

出雲守は懐から帳簿を取り出した。部屋の隅で小さくなっていたお城坊主がやってきて、帳簿を受け取り、薩摩守の膝前まで運んできた。

(なんの帳簿だ)

薩摩守はおそるおそる手に取って丁を開いた。どういう理由でこの帳簿を見なければならないのか。意図がわからず気持ちが悪い。帳簿そのものも、肥満体の出雲守の懐に入っていたので、汗でジットリと湿っている。ますますもって気色が悪い。

「その帳簿にはのぅ、薩摩藩による抜け荷の一切合切が記されておる」

出雲守が言った。薩摩守は思わず帳簿を取り落としそうになった。それほどまでに動揺したのだ。

(まさか、そのような……！)

当主である自分も与《あずか》り知らぬことだ。

だけれども「知らぬ」と突っぱねることも難しい。これは間違いなく道舶がしでかしたことだ。息子として父親の気性は知り尽くしている。息子にとっても悩みの種の父なのだ。

（なんということを、なされたのだ！）

下手をすると島津家七十七万石が潰される。

本多出雲守はニヤリと不気味に微笑《ほほえ》みかけてきた。ますますの猫撫《な》で声で囁《ささや》きかけてくる。

「この座敷には、わしとそなたしかおらぬ。ここでのわしの物言いは、公のものではないとお心得なされ」

お城坊主の姿も、いつの間にか消えている。

「わしが摑《つか》んだ抜け荷の子細、評定所（幕府の最高議会）で諮《はか》ってもよかったのだが、それでは島津家のご面目が丸潰れとなる。それではいかんと思うたゆえ、こうして内々に諮っておるのじゃ。このわしの厚意を受けてくれようの？」

「ハッ……ハハッ！　出雲守殿のご厚情、かたじけなく……」

薩摩守は思わず畳に片手をついていた。大名にとっては最大限の、詫《わ》びと感謝の印であった。

「なんのなんの。これもわしの保身のためじゃ。島津殿との戦になれば、このわしが軍勢を率いて采配《さいはい》を振るわねばならぬ。ところがわしは戦を良く知らぬ。無事に勝ちを収める自信がない。そういう次第で、島津殿と戦はしたくない」

「手前のほうこそ、大公儀との戦など、思いも寄らず……」

「ならば、穏便に、こっそりと、事を収めよう。な？」

薩摩守の額に汗が流れる。そういう運びにしたくれたことは、ありがたい。ありがたいけれども、どのような条件を持ち出してくるのであろうか。

出雲守は日本一陰湿で強欲な政治家だ。

それでも薩摩守は、

「お言葉に従いまする」

と答えるより他になかったのだ。


三国峠を下った卯之吉たちは、小千谷《おぢや》の河岸で川船を雇って乗りこんだ。

「こっから先は牧野《まきの》様の御料地だ。外様《とざま》大名が手を出すことはできねぇ」

三右衛門がそう言って「フウーッ」と大きく息を吐いた。

牧野家は老中を務める名門譜代である。新潟湊は徳川家の直轄地だが、牧野家が管理を請け負っていた。

薩摩の魔手は振り払うことができたと考えてよい。竹次郎と銀公は川船が河岸を離れるやいなや、ヘナヘナと船底にへたりこんでしまった。

「なんだ、だらしがねぇな」

寅三が横目で笑っている。

船端《ふなばた》に腰掛けた卯之吉は、悠々と煙管《キセル》の莨《たばこ》を燻《くゆ》らせている。

「越後の夏空ってのは、ずいぶんと青いのだねぇ」

空を見上げてそんなことを言った。

あとは川の流れに乗って信濃川を下るだけである。労せずして、一行は新潟湊に入った。


新潟湊は北前船《きたまえぶね》による海運の要であり、物資の大集積地である。日本海を船で運ばれてきた品々がこの湊で荷揚げされ、江戸に向かって運ばれる。信濃川を遡り、次には陸路で三国峠を越え、また舟運で利根川と江戸川を下って江戸に運び込まれるのだ（卯之吉たちが通ってきた道である）。

湊に面して無数の蔵が建ち並んでいる。見渡す限り、町全体が、蔵で埋めつくされていた。それらの蔵のすべてに江戸向けの物資が収蔵されているのだ。百万の人口を抱える江戸の町を維持するためには、これほどまでに巨大な後背地が必要なのであった。

それらの海運と蔵とを差配している商人たちを、新潟湊では大問屋と呼んでいた。

その大問屋のひとつ、但馬屋の座敷で、主人の善左衛門《ぜんざえもん》が思案投首《しあんなげくび》している。歳は五十ばかりで丸顔の、白髪頭の男であった。

座敷には同業の大商人たちが十人ばかり集まっている。高麗屋《こうらいや》、対州屋《たいしゅうや》など、新潟を代表する豪商たちだが、やはりそろって陰鬱《いんうつ》な表情であった。

そろそろ夕闇が迫っている。丁稚《でっち》小僧が燭台《しょくだい》を運んできて座敷に立てた。

「大公儀の目も光っております。このままでは済まされますまい」

高麗屋が言った。親の跡を継いだばかりの四十男だが、やり手である。目つきも鋭い。

「砂糖の俵が御公儀の密偵の目に止まったなら、我ら大問屋だけではございませぬ。新潟湊のすべてに罪科《つみとが》が下されましょうぞ」

湊の蔵には薩摩藩より預かった砂糖俵が山積みとなっている。なんとすべてが抜け荷の品なのだ。

徳川幕府は戦国時代の武家の伝統を引き継いでいて、物資の調達は商人に丸投げしている。商人たちは公儀から命じられた物資を、命じられた量だけ調達する。その方法は問われない。

結果、足りない物資は抜け荷でもいいから集める——ということになってしまい、抜け荷の片棒を担がされる事態に陥ってしまう。

昨今、江戸の町人たちの口は奢《おご》っている。砂糖の消費量は計り知れない。夏場であるからますます砂糖が必要だ。市場から要求される量を賄《まかな》おうとすれば、砂糖会所を通された正規の品ではとうてい足りない。薩摩藩が琉球国を介して手に入れた砂糖を買いつけるより他になかったのだ。

但馬屋善左衛門は苦しげに言葉を絞り出した。

「抜け荷に手を出さなければ、新潟湊の栄えを保つことはできぬのですよ」

「しかし」と言ったのは対州屋であった。首が細くて長い老人で、嗄《しゃが》れ声が甲高《かんだか》い。

「今度ばかりは度が過ぎていますよ。新潟湊は島津様の御用湊ではないッ。島津様との心中は御免蒙《ごめんこうむ》りますよ！」

「しかしですね対州屋さん。今となっては島津様と手を切ることはできませぬよ。下手をすると我らは、島津様の手で口封じをされる。島津様のご家中には豪剣の使い手が揃っていますからね」

「八方塞がりか」

皆で拱手《きょうしゅ》して唸っていたところへ、但馬屋の番頭が、摺り足を急がせながらやってきた。廊下で正座するやいなや言上した。

「手代の市太郎が、ただいま戻りましてございまする」

但馬屋善左衛門は「うむ」と頷《うなず》いた。

「ちょうどいいところへ帰ってきた……。皆様お集まりだ。ここへ通しなさい。江戸の話が聞きたい」

市太郎の話を書き留めて、後で皆に回状をまわすよりも、ここで一時に報告を聞いてもらったほうが早い。

市太郎がやってきて、廊下に正座し、低頭した。但馬屋善左衛門は身を乗り出した。

「それでどうだったね、江戸の様子は。どなたか公儀のお役人に、我らの苦衷《くちゅう》をお聞きいただけたのかね」

市太郎は「へい」と答えて、引きつった顔を上げた。

「話は、南町の八巻様にお伝えいたしました」

「八巻様か」と、即座に反応したのは高麗屋だ。

「身分は町奉行所の同心ながら、本多出雲守様の懐刀と呼ばれている御方だ」

対州屋は「その御方なら噂で知っているが」と浮かない表情だ。

「ならばこそ、まずい話の流れかも知れませぬよ。薩摩のご隠居様は、出雲守様とは仲がお悪い。薩摩のご隠居様と手を結んでいた我らを、出雲守様はきつくお咎めになるかもしれません」

座敷の中がざわつく。「それはいかん！」などと悲鳴を上げる者もいた。

浮足立った豪商連を但馬屋善左衛門は鎮めた。

「まあまあ。まずは市太郎の話を聞きましょう。それで、市太郎。話を聞いた八巻様は、なんと仰《おお》せになったのだね」

「へい……」

市太郎は額《ひたい》に汗をかいている。

「おざなりにはできぬとお考えになったのでございましょう。この新潟湊に乗り込んで参られました」

「えっ……？」

善左衛門を初めとする豪商連が唖然《あぜん》となる。市太郎はおそるおそる続けた。

「古町《ふるまち》の料理茶屋に、お入りになられました……！」

古町は新潟の花街である。料理茶屋（料亭）や置屋が建ち並んでいる。新潟湊の繁栄を映して、北国一の艶《あで》やかさだと謳《うた》われていた。

四

但馬屋を初めとした大問屋衆が、挨拶《あいさつ》の品々を手代たちに持たせて走ってきた。花街の大門をくぐる。途端に、賑やかにすぎる管弦の調べが大音量で聞こえてきた。

芸妓や遊女たちも足早に、お座敷に駆けつけようとしている。花街を仕切る若い者たちも、様々な使いを命じられて、忙しげに走り回っていた。

大問屋衆は顔を見合わせた。

「何が起こってるんでしょうな、但馬屋さん」

対州屋が訊ねる。但馬屋善左衛門にもさっぱりわからない。ともあれ古町は、ここ数年来、見たことがないほどの賑わいだ。

善左衛門は走ってきた花街の若い者を捕まえた。

「これこれ、何が起こってるのだね」

「あっ、これは但馬屋さん」

若い者は湊の顔役である善左衛門の顔を見知っている。低頭して、捩《ねじ》り鉢巻《はちまき》を外した。

「お江戸の、とんでもないお大尽《だいじん》様が、ご登楼なさっているんですよ！　雨あられと小判をお撒《ま》きなすって、古町はえらい景気です」

若い者は但馬屋を振り切るようにして、走り去った。

高麗屋が眉根《まゆね》を寄せる。

「江戸町奉行所の八巻様だけでも手に余るのに、さらにお江戸の大商人様がお寄りになっているのですか」

対州屋も顔をしかめた。

「古町にとっては結構な話だろうけれど、手前たちにとっては二重の苦役だ。こんなに騒がしくして、八巻様はご立腹ではありますまいか」

「うむ。大商人様には、すまない話だけれど、芸者衆を引き抜いて八巻様のお座敷に回さねばなるまいね」

対州屋と高麗屋が相談している。善左衛門は相談を打ち切って歩みだした。

「ともあれ、まずは八巻様へのご機嫌伺《うかが》いです。大商人様へのご挨拶は、その後でいたしましょう」

まさか、八巻と大商人が同一人物だとは思ってもいない。

大問屋衆は市太郎を案内に立たせて古町の通りを進んだ。不思議なことに、派手な管弦の音は、ますます大きく聞こえてきた。

「こちらの二階座敷に、八巻様がお入りにございます」

市太郎が手のひらを二階の窓に向けた。座敷には大蠟燭《ろうそく》が何本も立てられているようだ。障子紙は目も眩《くら》むほどに明るかった。

大問屋衆は愕然《がくぜん》となり、茫然《ぼうぜん》となった。賑々しい管弦の音は、まさにその二階座敷から聞こえてくる。

「ど、どういうことだい？」

善左衛門は市太郎に詰め寄った。市太郎は急に泣きそうな顔になって答えた。

「手前にも、さっぱりわからないのです……八巻様というお人が……」

「但馬屋さんッ、ともかくご挨拶だ！」

対州屋に促されて、大問屋衆は楼閣《ろうかく》に上がる。皆でドヤドヤと二階座敷に押しかけた。

「あ〜、ソレソレ〜。踊れ踊れ〜」

大問屋衆はまたも愕然とした。襖を取り払って二階座敷全体がひとつの宴席となっている。古町中から集められたとおぼしき芸者衆や芸人たちが、三味線や謡《うたい》、鳴り物の腕を競わせていた。

その真ん中で一人の男が、取り憑《つ》かれたように踊っている。

「いったいなんなんだ、この騒ぎは」

対州屋が唸り、

「八巻様はどちらにいらっしゃるのですッ？」

高麗屋がうろたえた。

一曲終わって、座敷の真ん中の男は、扇子《せんす》をサッと掲げつつ見得《みえ》を切った。

踊りの巧拙《こうせつ》は、善左衛門にはまったくわからない。商売一途に生きてきた堅物だからだ。しかしよほどに上手な舞いであったらしく、

「さすがはお江戸のお人ですなぁ」

「お上手やわ」

女たちが盛んに褒《ほ》めそやしている。お世辞ではなく、本心から感心している顔つきであった。

ともあれ、盛大にすぎる管弦が止んだ今のうちに、と考えた善左衛門は、すかさず廊下で正座して、声を張り上げた。

「お楽しみのところ申し訳ございませぬ。手前どもは新潟湊の大問屋衆にございまする。江戸からお越しの八巻様に御意《ぎょい》を得たく、かくも駆けつけてまいりました！」

いったいぜんたい八巻同心は——南北町奉行所一番の辣腕で、江戸で五本の指に数えられる剣豪、そして筆頭老中本多出雲守の懐刀と評判の高い俊傑《しゅんけつ》は、いずこにいるのか——。

と思っていたら、

「はいはい。あたしが八巻ですけれど、何か御用？」

座敷の真ん中の男が、扇子を掲げて身をクネッとさせた恰好《かっこう》のまま、首だけこちらに向けて質《ただ》してきた。

大問屋衆は目を見開いたまま言葉もない。きっとこれは八巻様が仕組んだ悪戯《いたずら》だろう。そう思った善左衛門は、市太郎にサッと目を向けた。（本当の八巻様はどこだ）と無言で訊ねた。

すると市太郎は、困った顔で目を伏せた。

「踊っておわしますのが、南町奉行所の、八巻様にございまする……」

もう、この場の空気をどうしたらいいのか、市太郎にはさっぱりわからない顔つきであった。

どう見ても同心には見えない遊び人が、弾けるような笑みを浮かべた。

「これはこれはお噂に名高い新潟湊の大問屋様がた！　ようこそ手前の座敷に遊びにお越しくださいました。どうぞお入りくださいさい、踊りくださいさい、お謡いくださいさい、お飲みくださいさい、さぁどうぞどうぞ！」

喜色満面で無理やりに座敷に引っ張り込む。腕を引かれて足をもつれさせた善左衛門が、畳の上で無様に転んだ。


「八巻はあの遊廓に潜り込んでおわんど」

薩摩藩の刺客たちが花街の大門を見張っている。

「あン宴《うたげ》は、新潟の大問屋衆が、八巻ン歓待に張ったもんでごわっしゃろうか。えらい威勢ごたある」

さすがは筆頭老中本多出雲守の懐刀、といったところだが、田舎では唐芋《からいも》を食べている下級藩士としては、羨望《せんぼう》や嫉妬《しっと》を感じずにはいられない。

「斬り込まんか」

「やりもっそう。八巻の首ば取れば、大問屋衆も喜ぶに違いなか。後始末は大問屋衆に任せればよか」

　花街で斬り合いとなれば、大きな騒動となる。しかし新潟の町を仕切っているのは大問屋衆なのだ。八巻さえ討ち取ってしまえば、あとのことは、大問屋衆が結束してうやむやにしてくれる。何もなかったことにしてしまう。八巻一人が行方不明となって、それで終わりだ——と、このように薩摩藩士は考えた。

　そうと決まれば薩摩武士に躊躇《ちゅうちょ》はない。殺意を目に滾《たぎ》らせ、腰の刀に反《そ》りを打たせて歩み出る。今度こそ薩摩が誇る示現流で、憎い八巻を一刀両断にしてくれるのだ。

　そう思ったその時であった。

「控えいッ！　島津ン家中は控えいッ！」

　ガガガガッと蹄《ひづめ》を鳴らして駆けてきた侍がいた。

「江戸上屋敷より、大公の早馬じゃッ」

　侍はそう名乗った。大公とは藩主の薩摩守のこと。隠居の道船は老公と島津の家中では呼ばれている。

「討ち入りはならぬ！　皆、その場ァ動きやんなッ」

　侍は馬を門前に預けると、一人、花街の大門をくぐって行った。

「はぁ。出雲守様からのお手紙でございますか」

金屏風の前に座り、遊女や大問屋衆を侍《はべ》らせた卯之吉の前で、江戸の薩摩藩邸から来た早馬の侍が平伏している。

さすがに鳴り物は止んでいる。遊女たちも大問屋衆も、成り行きがわからず、表情をこわばらせて見守っている。

卯之吉だけがほんのりと笑みを浮かべていた。

「どれどれ。拝読いたしましょう」

封書を切って手紙を広げる。「ふ〜ん」と言いながら読み進めると、隣にいた但馬屋善左衛門に手紙を片手で渡した。

本来ならば、筆頭老中様のお手紙を上座《かみざ》に据えたうえで、下座《しもざ》から遜《へりくだ》って拝読しなければならないのだが、ここは遊里だ。遊里では世間の儀礼は無視する、という慣行に従っている。

善左衛門は手紙を一読して愕然となった。

「薩摩様ご秘蔵の砂糖は、残らず大公儀の差配するところとなった。よって江戸に送れ、とのお指図でござるか……！」

薩摩藩邸の侍は「いかにも」と答えた。

「新潟湊の蔵に収蔵されている砂糖俵は、島津家とはなんら関わりのなき物となった」

「ご老公道舶様も、ご承知なのでございますな」

「はて？　なにゆえ当家の与り知らぬ砂糖俵について、当家の隠居がとやかく申すのか、拙者には合点がゆかぬ。ともあれ、当家とは、金輪際《こんりんざい》関わりのない話なれば御公儀の御差配に従うがよろしかろう。それでは拙者は、これにて御免」

そそくさと立ち去ろうとする。

卯之吉は笑顔を向けた。

「あれ？　ご一緒に飲んでは、くださらないのですかね」

「拙者、生憎《あいにく》と下戸《げこ》でござれば」

本当に飲めないのか、それとも卯之吉には関わりたくないのか、よくわからない。ともあれ薩摩の侍は去って行った。

「さぁて。これで片づきましたかねぇ。出雲守様がお江戸で大鉈《おおなた》を振るってくださったようですよ。それじゃあ皆様、早速ですが、明日からでも、江戸に砂糖を運んでやっておくんなさい。川船の衆は手前の金子《きんす》で雇うので、心配御無用です」

　銀八がヨタヨタしながら千両箱を抱えてきて、大問屋衆の前で蓋《ふた》を開いた。黄金《こがね》色の輝きが座敷いっぱいに広がった。遊女たちが思わずため息を漏らした。

「残念ですねえ。砂糖俵を江戸に運ぶための金子ですから、ここで撒くわけにはゆかない。ほんと残念」

　大問屋衆は「ハハーッ」と拝跪《はいき》した。善左衛門が言う。

「本多出雲守様のお指図に従いまして、即刻、ただ今から、砂糖俵を江戸に運ばせていただきますする！」

「そうは言わずに、今は飲みましょうよ。せっかく盛り上がってきたところですから」

　卯之吉だけが超然たる物腰だ。

「これで、餡子山関との約束が果たせそうですねぇ」

「餡子山関……とおっしゃいますと？」

「あたしが金主《きんしゅ》を務めることになっている、饅頭《まんじゅう》の大食い比べの会があるんですよ。両国の回向院様でね。でも、砂糖がなければ饅頭は作れないでしょう？

それじゃあ、あたしの沽券《こけん》にかかわる。いったん金主を務めると言ったからには、どうでも饅頭大食い会を開催しなくちゃいけません。どこかにお砂糖が隠されていないかなぁ、と思っていたら、市太郎さんから、新潟湊に砂糖があると教えてもらったものでね。それでこうして、すっ飛んできたってわけですよ！」

なんと卯之吉は、饅頭大食い会を開きたいがために働いていたらしい。卯之吉らしからぬ果断な行動は、酔狂のためであったのだ。

大問屋衆は、卯之吉がなにを言っているのかさっぱりわからない。理解しているのは銀八だけだ。

（やっぱり、お役人様として役儀に励んでいたのではなかったでげす）

銀八はガックリと脱力した。

五

打ち壊しの町人たちは険しい面相で大川沿いに集まってきた。

いよいよ打ち壊しは避けられぬ情勢である。砂糖の値は下がらない。公儀も町奉行所も手をこまねいている。熱暑続きで食べ物は作った先から傷んでいく。塩、酢、砂糖の、三種の保存料のうちのひとつが入手困難では、人々の暮らしは成り立たないのだ。

人々は太鼓を打ち鳴らして川向こうの江戸を威嚇《いかく》した。江戸城に向かって嘆願や悪罵《あくば》を吐きつけた。

そしてついに人々は江戸に向かっての進撃を開始した。大川を渡るためには橋を使わなければならない。一番近くの両国橋へ向かって歩み始める。

こうなればもはや誰にも止められない。江戸市中に雪崩《なだれ》込むと同時に、彼らは手当たり次第、商家を破壊し始めるであろう。

そんな緊張が頂点に達した瞬間であった。大川の川上から、場違いな音曲が鳴り響いてきた。

「な、なんだ……？」

殺気立っていた人々が、思わず足を止めて川面《かわも》に目を向けた。上流から、提灯《ちょうちん》や幕で派手に飾りつけた屋形船が下ってきた。

「それ〜ッ、それ〜ッ、歌えや踊れ〜」

調子の外れた声がする。屋形船の舳先で若旦那が踊っている。屋形船には、いっぱいに芸妓や芸人が乗っていて、三味線を掻《か》き鳴らし、鉦や太鼓を打ち鳴らしていた。じつに賑やかで、心浮き立つ音色であった。

「なんだありゃあ。このご時世に、呑気《のんき》な野郎がいたもんだぜ」

決死の覚悟で江戸に向かおうとしていた人々だったが、思わず気勢を削《そ》がれてしまった。それほどまでに気合の抜けきった踊りと笑顔であったのだ。

その若旦那が叫んだ。

「さぁ皆さん、回向院へ〜。回向院でお待ちしておりますよ〜」

若旦那を乗せた屋形船は両国橋へと向かう。回向院は両国橋のたもとにある。

若旦那が乗った屋形船の後ろには、何艘《そう》も、何艘も、芸妓や遊女、芸人を乗せた舟が続いていた。三味線を鳴らしながら、

「回向院へ〜、回向院へ〜」

と謡っていた。

「回向院に何があるってんだい」

打ち壊しの男たちは顔を見合わせた。

打ち壊しの列の先頭に、小山のような大男がヌウッと立ちはだかった。

「俺は回向院に行くぜ。お前たちもついて来いッ」

ノッシノッシと歩き始める。一人が行けば、ついフラフラと後に続く者もでてくる。

「おい、どうする」

「オイラたちも行ってみようか」

などと皆で囁きあった。

いずれにしても闘志は完全に萎《な》えてしまった。艶やかに着飾った女たちが鳴り物入りで回向院に向かっているというのに、こっちは江戸で打ち壊しを働こうとしている。なにやら急に、自分たちのやっていることが馬鹿馬鹿しくなってきた。

打ち壊しの男たちは、誘われるがままにフラフラと、回向院へ向かった。

その大男、相撲取りの餡子山は、なにやら不安げに、隣の男を見下ろした。

「本当に大丈夫なんだろうな。こんな連中を回向院様に連れていって打ち壊しをしたら、俺にまで仏罰が当たっちまうぞ」

「心配《しんぺ》ェすんな。うちの旦那を信じろ」

そう答えたのは荒海一家の三右衛門だ。

打ち壊しの衆の中に、荒海一家の子分たちがこっそりと加わっている。

「みんな、回向院に行ってみようぜ！」

などと叫んで、打ち壊しの衆を誘導していた。

かくして皆で回向院の門前に着いた。

回向院の山門は紅白だんだらの幕で飾られていた。ここでも芸妓と遊女たちが三味線の音と歌声を競わせていた。

顔に白粉《おしろい》を塗った男が裃《かみしも》を着けて前に出てきた。

「さぁ皆様、お立ち合い。砂糖が足りないばっかりに、長々とお流れになっておりました饅頭大食い比べの会。本日ただ今より、始まり、始まり〜、でございますでげすよ！」

声を張り上げたのは銀八であった。

「主催するのは、お江戸の菓子商家連中《れんじゅう》。見届け役は砂糖問屋連中にございまする〜」

打ち壊しの人々は、唖然茫然として見守っている。一人の男が叫んだ。

「だけどよ、砂糖はどこにあるってんだい！」

「その問いかけを、待っておりましたでげすよ！」

銀八はサッと扇子を大川に向けた。

「砂糖はただ今、お江戸に到着〜、でございますでげす！」

砂糖俵を満載した川船が下ってくる。打ち壊しの衆は「おお〜ッ」とどよめいた。

卯之吉が境内《けいだい》から出てくる。

「さぁて皆様、饅頭大食い比べの始まりですよ～。江戸中より集まった、大食い自慢の皆様方、どうぞ前へお出《い》でなさいまし！」

「よしっ」と答えて餡子山が前に踏み出た。

「田中伊予守様のお抱え力士、餡子山大五郎でぃッ」

その雄大な体軀《たいく》を目の当たりにして、皆が歓声をあげた。

他にも、江戸での予選を勝ち抜いた者たちが気合とともに出てくる。

「浅草橋の大工、利吉《りきち》！」

「浅蜊《あさり》河岸、魚屋の新太《しんた》だ！」

名乗りを上げて出てくるたびに観衆たちの興奮が高まっていく。

まさに大盛況で、場を仕切る荒海一家の子分たちもおおわらわだ。その中には、一家の子分に加えてもらったばかりの竹次郎の姿もあった。

「押さねえでくれ！　縄を張ってあるところから前に出ちゃいけねぇよ！」

銀公も額に汗して働いている。

「押すな、押すな。もうっ、押さないでくれったら」

境内には饅頭が山と積まれる。庫裏《くり》で蒸《ふ》かした饅頭を、紅梅堂の主人が襷掛けに捩り鉢巻で運んできた。

　卯之吉は笑顔を向けた。

「ご苦労さまですねえ。数さえあればよろしいので、味はどうだっていいんですよ」

「若旦那様のお言葉ですが、そうはいきませんよ」

　紅梅堂は生真面目な顔で答えた。

「どういった御用命であれ、味を落とすことはできません」

「これはこれは。あたしの失言でしたかねぇ」

　紅梅堂の他にも、江戸中の菓子屋が総出で取りかかっている。砂糖の俵が荷揚げされ、庫裏に運び込まれてきた。

「それでは、始まりですよ〜」

　卯之吉は太鼓をドーンと叩いた。夏の青空に太鼓の音が響きわたった。

「うおりゃあああっ」

　相撲の立ち合いのような声を発して、餡子山が饅頭に食らいついていく。人々は打ち壊しのことなどすっかり忘れて、ヤンヤの拍手歓声を送った。

「砂糖の値は下がったか」

筆頭老中、本多出雲守の屋敷の書院で、出雲守が三国屋徳右衛門に質した。

徳右衛門は恭《うやうや》しく平伏しながら笑顔で答えた。

「下がりましてございまする。八巻様のお指図で、饅頭大食い比べの会を開催いたしました」

「饅頭大食い比べの会？　なにゆえそれで砂糖の値が下がるのじゃ」

「江戸には砂糖がたっぷりとある。食っても食っても食い切れないほどにある。さらにはもっともっと運び込まれてくる。その様子を、饅頭大食い比べの会に託《かこ》つけて、町人たちの目に見せつけたのでございまする」

「ふむ」

「皆、納得し、安堵《あんど》いたしました。もちろん砂糖相場もその日の内に値下がりを始めましてございまする。値上がりを見越してこっそりと砂糖を秘蔵していた商人たちも、これではかなわぬと蔵を開け、砂糖俵を放出しております。間もなく相場は、旧に復するものと思われまする」

「うむ！　でかしたぞ三国屋」

「これはすべて、八巻様のお働きによるものにございます。まことあの御方は、江戸一番の同心様にございまする！」

　本多出雲守は、ちょっと怪訝《けげん》な顔をした。

　八巻卯之吉は三国屋徳右衛門の孫である。身内褒めがすぎるのではあるまいか。それにあの表六玉《ひょうろくだま》が、そんなたいした人物だとは思えない。

「ともあれ、良くやった」

　これで江戸は救われた。徳川将軍家の面目も潰れることはなく、出雲守の失脚の線もなくなった。

「出雲守様。島津様への御沙汰はいかがなさいまするか。ただいま江戸に運ばれましたる砂糖はすべて抜け荷の品。島津様が新潟湊に秘蔵しておった物だと、八巻様のお調べで判明いたしておりまするが……？」

「島津を咎めることはせぬ」

「左様《さよう》にございまするか」

「島津薩摩守はすべての砂糖を差し出した。わしは島津を許すことにした。どうせ道舶が独断での謀《はかりごと》じゃ。薩摩守に罪はあるまい」

　そして意地悪そうに笑った。

「砂糖の供出で島津の損失も大であるぞ。あの老人には良い薬となったであろう。しばらくは貧乏暮らしをさせればよい」

徳右衛門も悪人顔となってほくそ笑む。

「それでしたなら、三国屋がいかほどでも、島津様に金子をご用立ていたしましょう」

「おう。高利で吹っ掛けて、利息をたっぷり搾《しぼ》り取ってやれ」

「これはお人が悪い」

「なんじゃと。このわしを悪人呼ばわりいたすか、この悪徳商人めが」

「いえいえ手前の悪徳など、出雲守様の足元にも及びませぬ」

「なにを抜かすか。そなたこそ日《ひ》ノ本《もと》一の悪徳商人」

それから二人は悪鬼《あっき》の形相となって高笑いした。

「ともあれ、万事、めでたしじゃ」

出雲守はまことに満足そうな顔つきで、本丸御殿へと登城する。徳右衛門は平伏して見送った。

この作品は双葉文庫のために書き下ろされました。

双葉文庫

は-20-18

大富豪同心《だいふごうどうしん》
卯之吉《うのきち》江戸《えど》に還《かえ》る

2016年2月13日　第1刷発行
2019年9月19日　第3刷発行

【著者】
幡大介《ばんだいすけ》

【発行者】
箕浦克史
【発行所】
株式会社双葉社
〒162-8540 東京都新宿区東五軒町3番28号
［電話］03-5261-4818(営業)　03-5261-4833(編集)
www.futabasha.co.jp
(双葉社の書籍・コミックが買えます)
【印刷所】
株式会社新藤慶昌堂
【製本所】
大和製本株式会社

【表紙・扉絵】南伸坊
【フォーマット・デザイン】日下潤一
【フォーマットデジタル印字】飯塚隆士

ISBN978-4-575-66765-3 C0193
Printed in Japan

幡大介

大富豪同心
遊里の旋風《かぜ》

長編時代小説
〈書き下ろし〉

吉原遊びを楽しんでいた内与力・沢田彦太郎に遊女殺しの疑いが。窮地に陥った沢田を救うべく、八巻卯之吉が考えた奇想天外の策とは!?

幡大介

大富豪同心
お化け大名

長編時代小説
〈書き下ろし〉

田舎大名の上屋敷で幽霊騒動が起き、怨霊に取り憑かれ怯える藩主。吉原で八巻卯之吉の名声を聞いた藩主は、卯之吉に化け物退治を頼む。

幡大介

大富豪同心
水難女難

長編時代小説
〈書き下ろし〉

八巻卯之吉の暗殺と豪商三国屋打ち壊しの機会を密かに狙う元盗賊の女狐・お峰。窮地に立たされた卯之吉に、果たして妙案はあるのか。

幡大介

大富豪同心
刺客三人

長編時代小説
〈書き下ろし〉

捕縛された元女盗賊のお峰が、小伝馬町の牢から脱走。悪僧・山嵬坊と結託し、三人の殺し人を雇って再び卯之吉暗殺を企む。

幡大介

大富豪同心
卯之吉子守唄

長編時代小説
〈書き下ろし〉

卯之吉の屋敷に、見ず知らずの赤ん坊が届けられた。子守で右往左往する卯之吉と美鈴。そんな時、屋敷に曲者が侵入し、騒然となる。

幡大介

大富豪同心
仇討ち免状

長編時代小説
〈書き下ろし〉

悪党一派が八巻卯之吉に扮した万里五郎助に武士を斬りまくらせる。ついに、卯之吉を兄の仇と思い込んだ侍が果たし合いを迫ってきた。

幡大介

大富豪同心
湯船盗人

長編時代小説
〈書き下ろし〉

見習い同心八巻卯之吉が突如、同心として目覚めた!? 湯船を盗むという珍事件の下手人捜しに奔走するが、果たして無事解決出来るのか。

幡大介
大富豪同心
甲州隠密旅
長編時代小説
〈書き下ろし〉

お家の不行跡を問われ甲府勤番となった坂上権七郎に天満屋の魔の手が迫る。八巻卯之吉は権七郎を守るべく、隠密同心となり甲州路を行く。

幡大介
大富豪同心
春の剣客
長編時代小説
〈書き下ろし〉

卯之吉の元に、思い詰めた姿の美少年侍が現れた。秘密裡に仇討ち相手を探してほしいと頼み込まれ、つい引き受けた卯之吉だったが。

幡大介
大富豪同心
千里眼 験力《げんりき》比べ
長編時代小説
〈書き下ろし〉

不吉な予言を次々と的中させ、豪商ばかりか時の老中まで操る異形の怪僧。その意外な正体と黒い企みに本家千里眼（?）卯之吉が迫る。

幡大介
大富豪同心
隠密流れ旅
長編時代小説
〈書き下ろし〉

卯之吉、再び隠密廻に!!　遊興目当てで勇躍乗り込んだ上州では、三国屋の御用米を積んだ川船が転覆した一件で不穏な空気が漂っていた。

幡大介
大富豪同心
天下覆滅
長編時代小説
〈書き下ろし〉

不気味に膨らむ神憑き一行は何者かに煽られ、ついに上州の宿場で暴れ出す。隠密廻り・八巻卯之吉が捻り出したカネ頼みの対抗策とは!?

幡大介
大富豪同心
御用金着服
長編時代小説
〈書き下ろし〉

公領水没に気落ちする民百姓に腹一杯振る舞う卯之吉。だがその元手は幕府から横領した堤修繕金。露見すれば打ち首必至、さあどうなる!?

藤井邦夫
日溜り勘兵衛　極意帖
贋金作り
時代小説
〈書き下ろし〉

両替商「菱屋」の金蔵から帯封のされた贋金二百両を盗み出した眠り猫の勘兵衛は、贋小判鋳造の背景を暴こうと動き出す。